新潮文庫

# 剣客商売十六　浮沈

池波正太郎著

新潮社版

6963

# 目次

剣客商売十六

# 浮沈

# 深川十万坪

相手は、おもいのほかの強敵であった。

手練《しゅれん》の遣《つか》い手《て》であるばかりではなく、攻撃に転じたとき、巌《いわお》のような体軀《たいく》が風を巻いて、小兵《こひょう》の秋山小兵衛《あきやまこへえ》に襲いかかる。

剛剣である。

「たあっ!!」

斬《き》りつけてきた相手の剣を、躱《かわ》す間もなく、小兵衛が大刀で打ちはらったとき、相手の刃《やいば》にこもるちからに圧倒され、腕がしびれ、あやうく、刀を取り落しかけたほどだ。

相手の名は、たしか〔山崎勘介《やまざきかんすけ》〕と聞いた。剣客《けんかく》浪人らしい。

だが、この日の決闘は、正しくいうと、山崎勘介と秋山小兵衛がおこなったものではない。勘介も小兵衛も、別の男たちの決闘の、いわば立会人として、この場へ来た。

別の男たちとは、滝久蔵《たききゅうぞう》と木村平八郎《きむらへいはちろう》で、滝久蔵は父の敵《かたき》を討つため、木村平八郎と斬り合っている。

そのころ、久蔵は小兵衛の門人で、父の敵を討つため、四谷《よつや》にあった小兵衛の道場で熱心に稽古《けいこ》を積んでいた。

この若者に、

「いよいよ、父の敵と勝負を決することになりましたので、立会っていただきとうございます」

と、たのまれれば、かねて事情を知り、身を入れて稽古をつけてやってきただけに、これを断わるような秋山小兵衛ではない。

場所は、深川の千田稲荷《せんだいなり》裏手の草原《くさはら》であった。

このあたりは、俗に「十万坪」とよばれている埋立地で、享保《きょうほう》のころ、深川の商人が幕府へ願い出てゆるされ、十万坪の新田《しんでん》開発をした。

土地《ところ》の人びとは、このあたりを「千田新田」とか「海辺《うみべ》新田」とかよんでいるが、人家もなく、田畑も少ない。一面の葦《あし》の原《はら》に松林が点在するといった風景で、近くに木場《きば》（江戸の材木商が集中している町）や、八幡宮《はちまんぐう》の盛り場があるとはおもえぬほど、景観は荒涼としていた。

ときに、宝暦《ほうれき》八年（一七五八年）十一月というから、秋山小兵衛は四十歳で、二十六年も前のことになる。

「あのときは、わしも、もうだめかとおもった。あの山崎勘介という男、生きていたら、どこまで強くなったか知れぬ」

いま、六十六歳になった小兵衛が、時折、当時をおもい返して、大治郎《だいじろう》に語ることがある。

久蔵は、幸運にも敵の木村平八郎の居所《いどころ》を突きとめることができた。

決闘は、半刻《はんとき》（一時間）をこえていたろう。

斬り合っては離れ、たがいに呼吸をととのえつつ睨《にら》み合い、機を見て斬りむすぶのだが、いざ攻撃に転ずると、山崎勘介は小兵衛に息をもつかせず、凄《すさ》まじい気合声を発しつつ、猛然と斬り捲《まく》ってくる。

「あのころのわしは、辻《つじ》先生の御手許《おてもと》からはなれ、ささやかながら自分の道場をもち、いささか安心もし、また世上《せじょう》の評判も高くなるばかりだったので、いささか腕も心も鈍《なま》っていたのやも知れぬ。ともかくも、山崎に対して無我夢中、どのようにして斬り合ったのか、よく、おぼえていないのじゃ」

と、いまにして秋山小兵衛は述懐する。

ところで、滝久蔵は越中《えっちゅう》・富山十万石、前田出雲守《いずものかみ》の家来で、滝源右衛門《げんえもん》の子に生まれたという。

滝源右衛門は、勘定方《かんじょうがた》をつとめ、五十石三人扶持《ぶち》の侍であったから、その子の久蔵が父の敵を討つというので、富山藩の江戸屋敷から二人ほど立会人が、その場に出て来ていた。

彼らは、小兵衛と山崎勘介の決闘が、あまりに物凄《ものすご》いので、息をのみ、むしろ、呆《ぼう》然《ぜん》と立っているのみだ。

敵の木村平八郎も同じ富山藩士であった。

「われらも立会人であったが、いざともなれば、双方それぞれに助太刀をすることに、富山藩の立会人も承知をしていたらしい。なるほど、山崎勘介ほどのやつが助太刀をすれば、滝久蔵は返り討ちになっていたろうよ」

小兵衛が山崎と斬り合ったのは、千田稲荷の小さな、名ばかりの社殿の裏手で、滝久蔵が木村平八郎と必死に斬りむすんだのは、西側の草原だ。闘うちに、はなれてしまったのだ。

「やっとのおもいで、わしが山崎を斬り殪《たお》し、どうしたろうかと、よろよろしながら駆けて行くと、久公め、ちょうど木村のトドメを入れたところであったよ」

近寄った小兵衛を見るや、二十二歳の滝久蔵は血まみれの半身を起し、両手をついた。

「滝、やったな」

「は、はい」

「でかした。よかったなあ」

「はい。な、何事も秋山先生の……先生のおかげでございます。こ、この御恩は滝久蔵、生涯《しょうがい》……」

「もうよい。それくらいにしておけ」

「いえ、生涯、忘れるものではございません。せ、先生。まことにもって……」

滝久蔵が、声をはなって泣き出した。もっとも、それは掠《かす》れていて、声にならなかった。久蔵の満面に、涙がどっとあふれてきた。

このとき、小兵衛は七カ所の傷を受けたが、いま傷痕《きずあと》が残っているのは、左肩から胸の上部にかけてのものだけだ。

このことがあってから、秋山小兵衛は変った。

剣士としての精進が、ちがってきた。

「こんなことでは、とてもとても剣の道をきわめるなど、おもいもよらぬと、わしはわしなりにおもいきわめたのじゃ」

そのおもいを沈痛にかみしめながら、翌朝の朝餉《あさげ》の膳《ぜん》に向っていると、中年の女中が、

「あれ……」

「どうした？」

「先生の……」

いいさして、手鏡を差し出した。

見ると、額のあたり一面に、点々と血が浮き出している。返り血の痕ではない。昨夜は小兵衛、入浴して、返り血は洗いながしている。

（そうか……）

すぐに、わかった。

これは、山崎勘介と斬り合ったとき、二人の刃と刃が打ち合い、火花を散らし、刀の微細なかけらが飛び、小兵衛の額へめり込んだのが浮き出してきたものと、わかったのだ。

「お崎。縫針をよこせ」

「はい」

小兵衛は、お崎が手わたした縫針を酒で洗い、手鏡で顔をうつしながら、めり込んだ刃の細片をほじり出した。

お崎は、ぶるぶるとふるえながら、声も発することなく、これを見つめていた。

ちなみにいうと、おはるは、まだ、生まれていない。

小兵衛が縫針をつかっていると、客が訪ずれて来た。

「先生。また、あの禿狼《はげおおかみ》がやって来ましたよ」

お崎が告げるのへ、小兵衛は、

「これ、お前の毒口《どくぐち》は、いつになったら直るのだ」

「先生、口の悪いのは生まれつきでござんす」

「いまに仕合わせを取り逃がすぞ、その口で……」

「でも、先生……」

「いいから、早く此処《ここ》へ通しなさい」

あらわれたのは、なるほど、お崎でなくとも、好意をもてそうもない男であった。

年齢は三十五と聞いていたが、髪の毛が禿げかかって、髷《まげ》も小さく、その所為《せい》か、十も老《ふ》けて見える。

ぎょろりと剝《む》き出された三白眼《さんぱくがん》も気味悪いし、鷲鼻《わしばな》が猛々《たけだけ》しく、お崎が、

「まるで、蛞蝓《なめくじ》が二つ並んだような……」

と評した唇《くちびる》がてらてらと濡《ぬ》れている。

見るからに、

「薄気味の悪い……」

平松多四郎《ひらまつたしろう》であった。

平松多四郎は、もと浪人だと聞いたが、いまは町人姿で、それがまだ、板につかないところがある。

平松多四郎が、両刀を捨てて、金貸しになってから五年目になる。

さよう、当時の小兵衛は多四郎から金を借りていたのだ。

門人が増え、道場を改築するための費用が、おもいのほかにかかり、やむなく金を借りた。

門人の中には、大身《たいしん》旗本の子息もいたし、金をあつめることがむずかしいわけではなかったけれども、こうした折に門人へ負担をかけるような秋山小兵衛ではない。

平松多四郎は、秋山道場から程近い鮫《さめ》ケ橋《ばし》表町に住んでいて、土地の人の評判では、

「取り立てがきびしい」

ということであったが、

「金貸しが取り立てにきびしいのは、当り前のことだ」

いささかも、気にかけなかった。

しかし、平松多四郎を見るや、小兵衛は、

「あの人は、顔で損をしている。いかにも強欲な金貸しを絵に描いたような顔だからな」

お崎に、そういったことがある。

この日、小兵衛宅へあらわれた多四郎は、妙に沈み込んでいた。

「どうかされましたか？」

小兵衛が問うと、

「いや、何。別に……」

「お借りした金《もの》は、このつぎで片がつきます」

「はい、さよう……」

「お顔の色が悪いようですな」

「このところ、毎晩、眠っておりませんので……」

「ふむ。何か面倒なことでも？」

「ま、そのような……」

小兵衛は、この金貸しに、どちらかといえば、好意を抱いていた。

取り立てがきびしいといっても、借りた金を月ばらいにして、決めた日に、きちんと返す小兵衛には、何一つ、不快なおもいをさせたことがない平松多四郎であった。

(三十五歳で、この嶮《けわ》しい面相なのだから、若いときは他人から、理由《わけ》もなく嫌《きら》われたことだろう。両刀を捨てた原因もそれか……)

むしろ、同情していたほどだ。多四郎もまた、その小兵衛の心情が通じるのかして、小兵衛に対しては態度も慇懃《いんぎん》だし、おだやかに語る。

小兵衛は問うことをやめ、酒肴《しゅこう》の仕度をととのえ、多四郎へすすめた。

盃《さかずき》を二つ、三つ、口へ運んだとおもったら、

「秋山先生……」

多四郎が呻《うめ》くように、

「つい先ごろ、妻《さい》に死なれまして……」

と、いった。

「それは、急なことですな」

「心《しん》ノ臓《ぞう》がいけませぬでした」

多四郎の妻は、この年の春に男の子を産んだばかりであった。

「それは、大変なことでしたな」

「何分、子が生まれたばかりのことで、私も困惑しております」

「さようか。お気の毒に……」

「先生……」

「はい？」

「妻は、まことに、よくできた女でございました」

「……」

「私はもう、二度と妻を迎えるつもりはありませぬ」

こういいさした多四郎の、大きな三白眼から涙が一筋、頰《ほお》をつたわるのを、小兵衛はたしかに見た。

このときのことは、十万坪の決闘の翌日だけに、二十六年後のいまも、秋山小兵衛はよくおぼえているのである。

めでたく敵《かたき》を討った滝久蔵は、国許《くにもと》の富山城下へ帰った。

久蔵の敵討ちは、江戸でも大評判になったほどだから、国許では、

（さぞ、大さわぎになったことだろう）

小兵衛は、そうおもっていた。

果して、後に礼をのべに来た富山藩の江戸留守居役は、滝久蔵が大いに面目《めんぼく》をほどこし、藩主・前田出雲守《いずものかみ》から、

「出かした。みごとに討った」

ほめられて、五十石を加増され、亡父の役目だった勘定方を継ぐことができたと、小兵衛に告げた。

それから、しばらくの間は富山藩の江戸屋敷から贈り物などが届けられたが、小兵衛は面倒になって、

「このようなことをしてもらっては困ります」

固辞するようになったものだから、いつしか足が遠くなり、やがて音沙汰《おとさた》がなくなってしまった。

いっぽう、国許へ帰った滝久蔵は、手紙で、近況を知らせてよこしたり、さまざまな品物を送ってよこしたりした。

このほうは、小兵衛も受け取っている。現代とちがって、送り返すのにも面倒な手つづきがいる。だから手紙で「いろいろと気をつかわずともよい」と、いってやった。

そのうちに、滝久蔵がみとめられて、高二百石の馬廻《うままわ》り役に昇進し、国家老・大久《おおく》

保主膳《ぼしゅぜん》の養子になったということを、小兵衛は耳にした。

それは、久蔵が敵討ちをしてから五、六年目のことだ。

そのころから、滝久蔵の音信は絶えた。絶えたが、小兵衛は何となく、久蔵がどのように暮しているか、わかるような気がしたのである。

小兵衛も、久蔵に手紙を書かぬようになった。

滝久蔵のことよりも、小兵衛は、たがいに助太刀として闘った山崎勘介《かんすけ》のことを、しばしば思い出すことが多かった。

唸《うな》りを生じて、自分の頬や躰《からだ》を掠めていった、山崎の剛剣の刃《は》風《かぜ》が忘れられない。

(いったい、あの山崎という男は、どんな男だったのだろう? 浪人のように見受けたが……)

一種の、なつかしさをおぼえて、

(生きていれば、江戸の名ある剣客になっていたろうに……)

そのおもいにとらわれると、眠れなくなることもあった。

しかし、歳月を経るにつれ、そのおもいも薄らぎ、六十六歳となったいまでは、おもい出すことが他《ほか》にいくらもあるし、すべては忘却の彼方《かなた》へ消えてしまったといってよい。

一

このあたりで、はなしを、秋山小兵衛六十六歳の天明《てんめい》四年（一七八四年）秋に移したい。

この年の初夏、皆川石見守《みなかわいわみのかみ》に関《かか》わる事件に巻き込まれた小兵衛は、二十番斬《ぎ》りというはなれ業《わざ》を仕《し》てのけて、小兵衛を知る者を驚嘆させたことは前作〔二十番斬り〕にのべておいた。

その当時、小兵衛は得体の知れぬ目眩《めまい》に襲われて、

（わしも、あの世へ行くときが切迫して来たようだな）

おもったりしたが、暑い真夏を、どうやら無事に乗り切って、

「先生は天狗《てんぐ》さまだから、決して死ぬようなことはないのですよう」

若い妻のおはるを安心させた。

おはるは、小兵衛より四十も年下で、健康そのもののような女であったがあの世へ旅立ったのは、おはるのほうが先である。

何しろ小兵衛は、九十三歳の長寿をたもったのだから……。

その日の朝。

秋山小兵衛は、ふとおもいたって、

「おはる。舟を出せ」

と、いった。

「どこへ行くのですよう」

「もう新蕎麦《しんそば》が出たろう。久しぶりで深川の万屋《よろずや》へ行ってみようではないか」

「ようござんす」

申し分のない秋日和《びより》であった。

小兵衛宅の庭に設けてある舟着きから、ゆっくりと、小舟を大川《おおかわ》(隅田川《すみだがわ》)へ出しながら、

「先生。空が高くなったねえ」

「うむ」

「明日あたり、実家《さと》へ行って、お父《と》っつぁんに落鰻《おちうなぎ》をとってきてもらおうかね」

「いいな」

「あれ、あんなに渡り鳥が……」

「おお、群れをなして飛んでいるのう。あれは冬鳥だろう」

「そうだねえ、朝晩は、ずいぶんと冷え込むようになりましたからね」

大川へ舟が出ると、おはるは竿《さお》を櫓《ろ》に代え、たくみに漕《こ》ぐ。

晴天の四ツ（午前十時）どきは、大小の舟が大川にひしめいているのだが、その中を縫い、おはるはすい、すい、すいと舟をすすめて行く。

舟の舳《みよし》に近いところへ坐《すわ》った秋山小兵衛は身じろぎもせず、何事か、想《おも》いにふけりはじめた。

「先生……先生よう」

「…………」

「先生ったら」

「う……何じゃ？　身投げでも見たのか？」

「冗談じゃありませんよ。先生を見ていたのですよう」

「めずらしくもない、この顔をか？」

「…………」

今度は、おはるが黙り込んでしまった。

この春、小兵衛が目眩におそわれて以来、おはるは、黙り込んでいる小兵衛を見ると、不安でならない。そこは何といっても四十年も上の老いた夫だけに、何かにつけて小兵衛の体調が、気にかかるのであろう。

実は小兵衛、今日は深川へ行くことになったので、ふっと、二十六年前の決闘のことをおもい出したのだ。

山崎勘介《かんすけ》のことよりも、このときは、滝久蔵のことをおもい出した。久蔵を小兵衛に引き合わせ、敵討《かたきう》ちの事情を打ちあけ、

「何とぞ、お願い申す」

と、稽古《けいこ》をたのんだのは、そのころ、千駄ケ谷《せんだがや》に小さな道場をかまえていた岡田九郎助《おかだくろすけ》という者だが、すでに岡田は死亡している。敵討ちの当日も、岡田は病床についていたほどで、そうでなければ、岡田が助太刀に出ていたろう。

「何しろ、敵の助太刀、山崎勘介は、評判の腕利《き》きでござる。久蔵ひとりにては心もとのうござる」

と、岡田から聞いて、小兵衛が、

「よろしい。私が、あなたに代って滝久蔵に、つきそってあげよう」

助太刀を引き受けたのである。

(久蔵は、どうしているか……?)

いま、小兵衛が想いにふけっているのは、このことであった。

というのは、この夏の或《あ》る日に、浅草寺《せんそうじ》の境内で偶然、神谷新左衛門《かみやしんざえもん》と出会ったからだ。

神谷は、小兵衛同様、辻平右衛門《つじへいえもん》に教えを受けた老剣士で〔同門の酒〕の一篇に神谷のことをのべておいた。家督を長男にゆずり、いまは気楽な隠居の身分ゆえ、ひとりで浅草寺などへ足を運ぶが、年齢は小兵衛より三つ上の六十九歳である。神谷は六百石の旗本なのだ。

恩師の辻平右衛門が江戸を去った後、神谷が、

「このごろ、稽古をしないので躰《からだ》が鈍《なま》ってきて困る」

ということで、一時、小兵衛の道場へ来て、門人たちへ稽古をつけてくれたことがあった。

その折、滝久蔵を見知っていた。

「おぬしは、父の敵を討たねばならぬそうな。ならば、そのような稽古ぶりではいかぬぞ。よいか、おれを父の敵とおもって打ち込んでこい」

親友の小兵衛から事情を聞いて、神谷は久蔵に、きびしい稽古をつけてやったものだ。

「それでなあ、秋山」

と、境内の茶店へ入り、奥の一間へ入って酒を酌《く》みかわしつつ、神谷新左衛門が、

「先ごろ、富山藩にいる岩倉《いわくら》という男に出会ってなあ」

「ふむ、ふむ」

「それで、滝久蔵のことをおもい出して、ちょと尋ねてみたのだ」

「達者でいるのか、あいつ……」

「いないそうだ」

「何？」

「いや、富山藩には、もういないということよ。相変らず、おぬしには何の便りもないのか？」

「ない」

神谷は、腹立たしげに盃《さかずき》を置いて、

「なんということだ。おぬしに助太刀をしてもらった恩を忘れたのか……」

「恩も何もない。そんなことは、もう忘れた」

「いや、秋山は忘れても、わしはおぼえている。恩は着せるものでない。着るものだと辻先生がよくいわれていたが、いかに何でも……あの男が……」

「もうよい。それで、滝は浪人になったのか？」

「そうらしい。何か、まずいことがあってな」

「まずいこと？」

「御家《おいえ》の恥になることだからと、そういって、岩倉は深く語らなんだ。久蔵め、一時は父の敵を見事、討ち取ったというので、国許《くにもと》へ帰ってから大評判になり、国家老の養子になったとか、なりかけたとか、耳にはさんだこともあったが……」

「ふうむ」

岩倉某《なにがし》は、何か急ぎの用事があるといって、

「わしと早く別れたがっている様子なので、すぐに別れた」

「そうか」

「滝久蔵のことが、気になるか？」

「ならぬ。聞かなくとも、およそ、その後の久蔵のことは、わかるような気もするしのう」

「そうか。ふむ、なるほど」

その日は、神谷新左衛門が、小兵衛宅までついて来て、夜明けまで酒を飲み、上機《じょうき》嫌《げん》で帰って行った。

二

小兵衛を乗せた舟は、大川から仙台堀《せんだいぼり》へ入り、おはるが竿《さお》をさばいて、亀久橋《かめひさばし》・南《みなみ》詰《づめ》にある舟着き場へ舟を着けた。

〔万屋《よろずや》〕という蕎麦屋《そばや》は、亀久橋の北詰にある。

万屋は小体《こてい》な店だが、中年の主人夫婦が気をそろえて懸命にはたらき、主人が打つ蕎麦も旨《うま》い。

しかし、日が暮れると間もなく店を閉めてしまうし、格別に客へ世辞をいうわけではなく、土地《ところ》の人たちは、

「なるほど、万屋の蕎麦は旨《うめ》えが、品数が少ねえし、主人《おやじ》があれでは繁盛《はんじょう》しねえ。せめて夜更《よふ》けまで店を開けていなくては、だんだん、客も寄りつかなくなるぜ。いまに見ねえ、あの店はつぶれてしまうよ」

などと、噂《うわさ》をしているそうだが、店は、もう十年余もつづいている。繁盛とはいえぬが、決まった客が少しずつ増えてきた。秋山小兵衛も、その中の一人である。

近くの船宿〔立花《たちばな》〕へ舟をあずけたおはると小兵衛が亀久橋を北へわたり、万屋へ

入って行くと、汗で顔を光らせ、蕎麦を打っていた主人《あるじ》が気づき、にっこりと頭を下げた。女房も、二人いる小女《こおんな》も笑いかけて煙草盆《たばこぼん》を運んで来たりするが、これも無言だ。

口の悪いのが、

「万屋もいいが、あそこで蕎麦を手繰っていると気が滅入《めい》るね」

などという。

だが、そういうのにかぎり、客として永つづきしているらしい。

「いまは流行《はや》らぬが、万屋の商売の仕方は本筋だ。剣術の道場も同じことなのだよ」

いつであったか、小兵衛がおはるに、そういったことがある。

「そういえば、若先生の道場《ところ》も門人衆が増えましたねえ」

「ふうむ……」

鼻を鳴らしてこたえたきり、小兵衛は黙ってしまったが、口元に薄い笑いが浮かんでいる。

「ねえ、先生」

「うむ?」

「若先生が蕎麦屋をはじめたら、きっと、この店の御亭主のようになりますよう」

「あは、ははは……大治郎はちから、、、があるから、蕎麦を打つにはよいかも知れぬのう」

いいさした小兵衛が、

「そうじゃ。いまごろなら又六《またろく》が家にいよう。蕎麦をつき合えといって来てくれ」

「あい、あい」

又六は老母と共に、この近くの島田町の長屋で、いまも暮している。

以前は、深川の洲崎弁天《すさきべんてん》の前で、鰻《うなぎ》の辻《つじ》売りをしていた又六だが、いまは土地の漁師たちから直《じか》に仕入れた魚や貝を得意先をまわって売り歩くようになっている。

三十を一つ越えた又六は、まだ独身《ひとりみ》であった。

外へ駆けて行くおはるを見送りながら、

(又六に、いい女《の》がいないかのう)

と、小兵衛は胸の内でつぶやいた。

(このあたりの女は、目がないのか……あんなに良い男を、ほうっておくなんぞ、もったいないことだ)

そのとき、乱暴に戸障子が開いて、大男が一人、ぬ、、っと店の中へ入って来た。

小兵衛のほかには、一人も客がいなかった。

大男は、あきらかに浪人者で、じろりと店の中を見まわしたとき、入れ込みの隅《すみ》に坐《すわ》っている秋山小兵衛を見たはずだ。小兵衛も見た。

見て、にやりとした。

大男の浪人者は、まさに、滝久蔵だったのである。

小兵衛はすぐに、それとわかったが、久蔵は気づかなかった。

むりもないといえばむりもない。あれから二十六年の歳月がたっているのだ。あのころの小兵衛は髪も黒かったし、小柄《こがら》ではあったが、いまよりは体格もがっしりとしていた。それが、いまは、髪も白く、着ながしに脇差《わきざし》一つの、竹の杖《つえ》をついているという姿になってしまったのだから、滝久蔵が気づかなかったのは当然というべきであろうか……。

万屋は、入口の戸障子を開けると、通路がまっすぐに板場へ通っており、通路の両側が、入れ込みの客席になっている。客席に仕切りはないが、軽い衝立《ついたて》がいくつもあって、入って来た客は、それぞれにこれを利用する。

小兵衛は躰《からだ》を尚《なお》も隅の方へ寄せ、衝立を引き寄せた。

「おい。酒だ」

大声にいうや、滝久蔵は通路の向う側の入れ込みへあがった。

久蔵は、四十八歳になっているはずだ。

大きくとも、引きしまっていた久蔵の躰は、ぶよぶよに肉がつき、顎《あご》なぞは二重三重に括《くく》れ、両眼《りょうめ》は濁り、光が消えている。

小兵衛は衝立の蔭《かげ》で、顔を顰《しか》め、舌打ちをせずにはいられなかった。

酒を運んで来た小女に滝久蔵が、

「もっと持って来い」

「はい」

「それと、後で天麩羅《てんぷら》蕎麦だ」

小女は、困ったように、板場へ顔を向けた。

近ごろ、江戸の蕎麦屋で出すようになった天麩羅蕎麦は、たちまち大流行となり、貝柱のかき揚げを蕎麦の上へのせて出す。といっても、江戸中の蕎麦屋がすべてそうなったわけではなく、現に、この万屋は客に出さない。

困惑している小女にうなずいて、主人の太四郎《たしろう》が通路へ出て来た。

太四郎は、頭を下げ、

「お客様へ申しあげます。てまえどもでは、天麩羅をやっておりませんのでございます」

ていねいに、いった。

「なぜだ。なぜやらぬ」

「私どもは、天麩羅の仕事に不案内《ぶあんない》でございますから……」

「何イ」

「相《あい》すみません」

「黙れ!!」

叫ぶや久蔵が、いきなり、酒の入った徳利《とくり》をつかみ、これを万屋太四郎の顔面めがけて投げつけた。

徳利は、太四郎の額に当った。

中に入っていた酒が飛び散った。

小兵衛が驚いたのは、つぎの瞬間である。

無口だが、温厚な万屋太四郎が、物もいわずに、傍《そば》の煙草盆をつかみ、滝久蔵へ投げつけたではないか。

「あっ。ぶ、無礼者め!!」

灰かぐらの中に立ちあがった久蔵が、腰から外していた大刀をつかんだ。

おもわず、小兵衛が衝立を押しやって立ちあがるよりも早く、両腕をひろげた太四郎が、滝久蔵へ組みついていった。

「あっ。何をするか!!」

「………」

太四郎は、無言で久蔵を通路の土間へ引きずり下《おろ》した。

「ぶ、無礼な。は、はなせ、こらっ!!」

叫ぶうちにも久蔵は、両脚を太四郎につかまれ、たちまちに戸口へ引きずられて行く。

(ああ、なさけない。こやつが、わしの門人だったこともあるのか……)

戸障子が引き開けられ、久蔵は外へ突き出された。

その後から、久蔵の大刀が外へほうり投げられた。

秋山小兵衛は立ちつくしたままであった。

ほうり出された大刀を引き抜いて、久蔵が暴れ込んで来るかと、おもったのである。

だが、滝久蔵はあらわれなかった。

つまり、逃げて行ったことになる。

そのときまで、開けたままの戸障子から外を見つめていた万屋太四郎が、戸障子を閉め、通路を引き返して来た。

この間、太四郎は一言《ひとこと》も口をひらかなかったけれども、小兵衛の前を行きすぎるとき、はじめて、

「おさわがせをいたしました」

と、いった。

その声に、少しも乱れがない。

「どういたして」

「ただいま、お酒を……」

「うむ」

太四郎は、板場へもどった。女房が駆け寄って、傷でも受けていないかとあらためている。

小女が、小兵衛の酒を運んで来た。

鰻売りの又六が、おはるの後から入って来たのは、このときだ。

同時に坐りかけた小兵衛が、また立ちあがり、又六を手招きした。

「はい？」

「又六。いま此処《ここ》から出て行った浪人者を見なかったかえ？」

「はい。亀久橋の上で擦れちがいました」

「後をつけ、居所をたしかめてくれぬか」

「ようございますとも」

すぐさま、又六は外へ出て行った。

小兵衛が、ふと、おもいついて又六に尾行をたのんだのは、

(久蔵め、人目もはばからず、あのようなまねをするからには、これからも何をするか知れたものではない)

そうおもったからだ。

(あそこまで落ち込んだやつでも、一度はわしの手許《てもと》において、辻《つじ》先生ゆずりの無外《むがい》流《りゅう》を教えたこともある)

それゆえに、捨ててはおけなかった。

(この上、あのような恥をさらしては、無外流の名にかかわる)

このことであった。

それに、滝久蔵の身なりが、浪人ながら上等のものを身につけていたことも却《かえ》って気になる。

「いったい、何があったのですよう?」

おはるが酌《しゃく》をしながら、

「先生が、また、暴れなすったの？」

「わしじゃない。あの浪人が暴れかかったのさ」

「だから、先生が、こらしめておやんなすったのだね」

「こらしめたのは、あそこにいるあるじどのだよ」

ささやくようにいって、小兵衛はくびをすくめ、

「世の中は、ひろいなあ」

「何が？」

「ここのあるじは大したものだということよ。なかなかどうして、ああは行かぬ」

三

鰻売《うなぎう》りの又六は、滝久蔵を尾行し、居所をつきとめた。

久蔵は、平野町の陽岳寺《ようがくじ》という寺へ入って行ったという。

このあたりは油堀《あぶらぼり》をはじめ、大小の運河が錯綜《さくそう》しており、陽岳寺の門前も、三つの運河が合流しているそうな。

その門前の、運河の辺りにある、〔三好屋《みよしや》〕という小さな居酒屋へ又六は入って行

った。

三好屋は、又六の得意先で、又六が売る魚介を、待ちかねるようにして買ってくれる。

「ああ、陽岳寺さんにいる浪人さんか。もう、一年の余も住みついていなさるよ」

三好屋の亭主・宗七《そうしち》は、そういった。

何でも、寺内《じない》の物置小屋に手を入れ、滝久蔵は暮しているらしい。

「あの旦那《だんな》は、店《うち》へも、よく飲みに来なさるよ。いいや、いくらのんでも、暴れることなんかねえ。むっつりとして、ときには知り合いの浪人さんを連れて来る。勘定は滝の旦那が、きちんとはらって行くぜ」

翌朝、鐘《かね》ケ淵《ふち》の隠宅へあらわれた又六から、三好屋の亭主の言葉を耳にした秋山小兵衛は、

（はて……？）

小兵衛が見た、万屋《よろずや》での久蔵とは、どうもちがうような気がした。

「滝が陽岳寺へ入って行ったことに、間ちがいはないのじゃな？」

「へえ」

「三好屋のあるじは、たしかに、滝の旦那といったのじゃな？」

「間ちがいはねえですよ、先生」

「よし、わかった」

「先生、沙魚《はぜ》のいいのが入りました。まだ刺身になりますよ」

「ありがたい。食べたいとおもっていたところなのじゃ。御苦労だった。これは少ないが、おふくろに何か買ってあげておくれ」

小兵衛は、小判一枚を紙に包み、又六へわたした。

それから小兵衛は一刻《とき》(二時間)ほど、何やら沈思していたようだが、しばらくして、四谷《よつや》の御用聞き・弥七《やしち》へあてて、手紙を書いた。

四谷の弥七へは、この隠宅の近くの、木母寺《もくぼじ》の茶店へたのむと手紙を届けてくれることになっている。

「おはる。木母寺へ行って、この手紙を弥七のところへ届けるように、たのんで来ておくれ。心づけを忘れるなよ」

「あい」

すぐに、おはるは出て行った。

四谷の弥七が、隠宅へやって来たのは、夜に入ってからである。

「いそがしいのに、すまなかったのう」

「ちょうど手があいております。何なりと、申しつけて下さいまし」

「そうかえ。それでは遠慮なく、たのむとしようか」

「そうして下さいまし」

「これはな、弥七。お前が出る幕ではない。傘屋《かさや》の徳次郎《とくじろう》で、じゅうぶんだとおもうが、ともあれ、はなしだけは、お前に聞いてもらわぬと、な」

小兵衛は、台所のおはるへ酒を命じた。それと、沙魚を刺身にして出させた。

「ま、一つ、おやり」

「いただきます」

「弥七」

「はい。あ、これは先生。よい酒でございますねえ」

「そうか。よかった」

「沙魚の刺身も久しぶりでございます」

「今朝、又六が持って来てくれたのじゃ」

「先生。又六さんは、まだ独身《ひとりみ》なので？」

「うむ、あいつ、女ぎらいなのかな。もう三十一になるのに……」

「先生。いい女《の》がおります。これなら又六さんに……」

「そうか。どこの女じゃ」

「あ、これは、はなしが横道へ逸《そ》れてしまいました。その女のことは後でゆっくりと申しあげます。それよりも先《ま》ず、先生のおはなしをうかがいましょう」

「うむ。弥七。お前は滝久蔵を知っているな」

「あの敵討《かたきう》ちの?」

「そうじゃ」

「見知ってはおりませんが、はなしは先生からうかがいました」

「え、そうかえ。お前は久蔵と、四谷のわしの道場で稽古《けいこ》をしたことはなかったか?」

「私が道場へ通うようになりましたのは、もう少し、後でございますよ」

「ほい、しまった。このごろは、むかしのことも、いまのことも、みんな忘れてしまってのう」

小兵衛は、昨日のことを弥七へつたえ、

「わしの目で、二十六年ぶりに見た滝久蔵は、そういう男なのじゃ。なれど、又六が聞き込んだ久蔵は、別人のような男におもえる。このことを、お前は何と見るな?」

「はい。ともあれ、人間というものは、辻褄《つじつま》の合わねえ生きものでございますから……」

「そうじゃ。そのことよ」

「すぐさま、探りを入れて見ますでございます」

「いつも、すまぬのう」

「とんでもないことで……」

「だが、な……たとえ、どのような男になっているにせよ、他人に迷惑をかけるような久蔵になってしまっているなら、わしにも考えようがある。一時は、わしは辻先生の無外流をつたえようと、心をつくして教えたものじゃ。久蔵は、父の敵を討つという大望があったので、ことさら、身を入れて教えた。ま、あの男が、どのように変ったにせよ、いまはかまわぬことだ。なれど、諸人に害をおよぼしたり、悪事でもはたらいているようなことであれば、捨ててはおけぬ」

「ごもっともなことで……」

「弥七、何とおもう？　どうじゃ、何かにおうか？」

小兵衛が問うや、即座に弥七が、

「はい。においますでございます」

「やはり、な」

「それに……」

「うむ?」

「先程の、神谷新左衛門《かみやしんざえもん》さまのおはなしというのが、ちょっと、気にかかります」

「久蔵が富山藩を追われたということか……」

「はい。ですが、先生。追われたときめつけるわけにもまいりますまい」

「いかさま。それはそうじゃ」

「ともかくも、弥七におまかせ下さいますか?」

「お前なら、安心をしてたのめる。すまぬがちからになっておくれ」

小兵衛は、弥七の探りの費用として、少なからぬ金《もの》をわたしたようである。

「さて、今度は、わしが聞く番だよ」

「へ……?」

「もう忘れたのか、いまから惚《ぼ》けては困る。お前は、いくつになったえ?」

「四十四《しじゅうし》になりましてございますよ、先生」

「ほい、しまった」

「いくつだとお思いになっていらっしゃいましたので?」

「三十四だとおもっていた」

「御冗談を」

月のない夜であった。

どこからか、菊の香がただよっている。

立ちあがった小兵衛は、縁側の障子を開けて、こうつぶやいた。

「矢のごとき光陰（歳月）……まことに早いものよ」

# 四

四谷《よつや》の弥七《やしち》からは、つぎの日も、そのつぎの日も連絡がなかった。

（よほど、探りに念を入れているらしい）

小兵衛がそうおもっていると、弥七に滝久蔵のことを告げてから三日目に、鰻売《うなぎう》りの又六が、隠宅へあらわれた。

いまは、鰻ばかりをあつかっている又六ではないが、今日は、

「いい鰻が入ったので持って来ました。それから、これは、下総《しもうさ》の梨《なし》で、食べてみたら、とても旨《うま》いもんで……」

「ありがとうよ。いつも、すまぬな。おや……？」

「へ……」

「又六。あれは、お前の連れではないのか?」

小兵衛が、そういったのは、堤へのぼる小道の木蔭《こかげ》に、何やら女が佇《たたず》んでいるのを見たからである。

「又六。あれは……」

「へ……」

又六の顔が、ぱっと赫《あか》くなった。

(ははあ……又六にも、いよいよ、好きな女《の》ができたらしい)

と、小兵衛は直感した。

「又六。あのお人は? 遠慮をせずに、こっちへ来てもらえ」

「へ……」

「どこの、お人じゃ」

すると又六が、蚊の鳴くような声で、

「はあ。先生が御存知の人です」

妙に、もったいぶった口調でこたえた。

「どなたじゃ?」

「へえ。あの……」

又六が口ごもったとき、木蔭から出た女が庭へ入って来て、

「先生。御無沙汰《ごぶさた》をいたしまして」

こういって、頭を下げた。

「や、お秀《ひで》さんか……」

おもわず小兵衛は、傍にいたおはると顔を見合わせた。

女は根岸流《ねぎしりゅう》の手裏剣《しゅりけん》の名手で、品川・台町にささやかな道場をかまえ、近辺の農家の若者たちへ、一刀流の剣術を教えている杉原《すぎはら》秀ではないか。

秀ならば何も、木蔭へ身を隠すようなそぶりをしなくてもよい。その、木蔭からあらわれたときの感じが何とも妙であった。

木蔭から出て、縁側へ近寄って来る秀が、ちらちらと又六を見る、その眼《め》の色が尋常ではなかった。又六は、秀を見ようともせず、棒のように、かたくなって突っ立っている。

「今日は秋山先生に、お願いのすじあって、まかり出ましてございます」

何やら、堅苦しい声で秀がいう。

「何でも聞こうではないか。遠慮なく、いってごらん」

「は……」

このとき、小兵衛へ擦り寄ったおはるが、何事かささやいた。

小兵衛の顔が、少し変ったようである。

秀は、その場へ膝《ひざ》をつき、うなだれてしまった。又六の躰《からだ》がふるえはじめた。

又六を凝《じっ》と見た小兵衛の視線が秀へ向けられ、また、又六へもどった。

又六が、がっくりと膝をついたのは、このときである。

このところ晴天つづきの空に灰色の雲が出て、風が強くなってきはじめた。

「これ、又六」

「へ……」

い、にやりと小兵衛が笑って、

「おはるが、いま、わしに耳打ちするところによると、秀どのの腹には、どうやら、お前の子がやどっているらしいのう」

指摘されるや、

「はい。そ、そのとおりでございます」

又六は叫ぶようにこたえ、そうなると居直るかたちになって、胸を張った。

「ふふん……」

鼻で笑った小兵衛が、

「おはる。本当だそうな。お前は子も産まぬのによくわかったな」

「だって、実家《さと》の兄《あに》さんの嫁が身ごもったとき、ずっと見ていましたからね。それに、三冬《みふゆ》さんのときも……」

「おお、なるほど」

「先生ともあろうお人が、ほんとうに気づかなかったですかよう」

「ああ。気づかなかった。お前はえらい」

「いやだよう、持ちあげなすって」

杉原秀が、膝をすすめ、

「ふしだらなことをいたしまして、申しわけもございませぬ」

「わしに詫《わ》びているのかえ？」

「はい」

「それよりも、腹の中の子は、いつ生まれるのじゃ」

「来年の五月か六月ごろと存じます」

「めでたいのう」

「おゆるし下されまするか？」

「ゆるすもゆるさぬもない。それにしても秀どのが又六となあ……これだから人というもののふしぎさは、いまもむかしも変りがない。さすがの秋山小兵衛も、ちょいと、びっくりしたわえ」

「申しわけもございませぬ」

「それよりも又六」

「はい?」

「こいつめ、もう笑っている」

「何ですか、早くいっておくんなさいまし」

「お前は、このことを、深川のおふくろへはなしたのだろうな?」

「へえ。はなしました」

「うむ。で、おふくろは何といっていた?」

「身分がちがうし、人の出来がくらべものにならねえから、とても、夫婦になるのはむりだと……」

「そういったのか?」

「はい」

「たしかに、おふくろがいうことは一理あるのう」

　すると、杉原秀が、

「こうなりましたからは、もう、先生におすがりするよりほかはないと、又六さんが申しますので」

「又六のおふくろを、わしが説きふせるのかえ？」

　又六が、

「おふくろは、先生を神さまのようにおもっています。先生からいっておくんなされば、一も二もなく……」

「迷惑じゃな」

「へ……？」

「わしは神さまなんかじゃない。これでも人間の端くれだ。お前たちと同じようなことをしてきたのじゃもの」

　こういって、おはるへ笑いかけ、

「なあ、そうだろう？」

「あい。剣術は神さまかも知れないけれど、女にかけては、この先生、見かけによらないのですよう」

　まさに、杉原秀と又六が釣《つ》り合わぬというなら、秋山小兵衛と農家の娘だったおはるが正式の夫婦になったことも同じなのだ。それにしても小兵衛は男、秀は女である。

そこのところだけがちがう。

「これ、二人に聞くがな」

「はいっ」

「どっちが先に手を出したのだえ？」

秀が見る見る顔に血をのぼせて、うつむいた。

又六は、これを庇《かば》うように身を乗り出し、

「そ、それは先生。私のほうが先に……」

「嘘《うそ》をつけ!!」

今度は、小兵衛の声がきびしくなった。

## 五

「そういうわけでな、弥七《やしち》。せっかく、お前がもって来てくれた又六の縁談は、だめになってしまったよ」

翌日、やって来た四谷《よつや》の弥七に小兵衛が語るや、

「ふうむ、あのお秀《ひで》さんが又六と……」

めったなことにはおどろかぬ弥七だが、

「こうしたことが、あるものでございますかねえ」

すぐには信じかねる面持《おもも》ちであった。

「先に手を出したのは自分だと、又六はいったが……」

いいさして、小兵衛は苦笑を洩《も》らし、

「わしは、ちがうとおもう」

「えっ。ま、まさか、お秀さんのほうからというのでは？」

「いや。秀から、どのようなかたちであったかは知らぬが、さそいの手を伸ばしたの
じゃとおもう」

「あの、お秀さんが、まさか……」

「女だからといって、秀には男同様のところがある。秀は、又六より一つ下の三十歳
だが、いつしか……さよう、この夏、皆川石見守《いわみのかみ》の一件のことで、わしが共にはたら
いてもらった。そのとき、いつしか秀は、又六を可愛《かわゆ》くおもうようになったのであろ
うよ」

「それにしても……」

「女は、そうなるとかあっ、と血がのぼって、どのようなことでも仕《し》てのけるものじゃ」

「さようでございますかねえ」

弥七は、まだ、あきらめきれぬ様子であった。

弥七が又六に世話をしようという娘は、市《いち》ケ谷《や》の左内坂《さないざか》にある菓子舗《みせ》〔鶴屋《つるや》〕の次女のお澄《すみ》で年齢は十九歳だそうな。

「ああ、鶴屋の千歳餅《ちとせもち》は、むかし、わしの好物だった。そうか、そんな良い娘がいたのか。残念なようにも思うし、こうなったら仕方もないから、又六と秀のために一肌《ひとはだ》ぬがなくてはならぬとも考えてのう」

あれから弥七は、滝久蔵の身辺を探りにかかったが、折しも配下の密偵《みってい》・傘屋《かさや》の徳次郎が急病で寝込んでしまったり、自分も奉行所から急ぎの探索を命じられたりしたので、おもうように久蔵のほうへ手がまわらなかった。

「ですが、豊次郎《とよじろう》という下《した》っ引《ぴき》に、陽岳寺《ようがくじ》の人の出入りを見張らせてあります。けれど大《おお》先生。滝久蔵は、あの近辺で、ほとんど悪事をはたらいておりませんようでございます。知り合いの浪人らしいのが、三、四人、陽岳寺にいる久蔵を訪ねて来ますが、いずれも、おとなしくしているようで、もっとも久蔵は、ときどき、何処《どこ》かへ出かけて、三日も四日も帰らないことがあるようでございますがね。これからは、そんなことがあれば、きっと、行先を突きとめますでございます」

弥七が帰ってから、小兵衛は、

「おはる。ちょいと、深川まで行って来る。舟をたのむよ」

「あい」

昨夜は、ひとしきり烈《はげ》しい雨が降ったが、今日は薄曇りで風も絶え、あたたかい。

秋山小兵衛は、いつもの着ながしに羽織をつけ、何をおもったか大小の刀を腰に帯したものだから、おはるが目をみはり、

「ちょいと、先生……」

「何じゃ?」

「今日は何か、物騒なことになるのでござんすかえ?」

「どうして?」

「だって、長い刀《の》を腰になさるから……」

「なあに、たまさかには長い刀を差さぬと、腰が鈍《なま》ってしまうからよ。このごろは脇《わき》差《ざし》一本でも、腰がふらつくようになってしまったものなあ。おはる、覚悟をしておけよ。わしは、もう長いことはないぞ」

「そんな、おじいちゃんが、何で二十人もを相手に斬《き》り合いができるのですよう」

おはるは、全く相手にしなかった。

小兵衛は、おはるの舟で深川の亀久橋《かめひさばし》へ着くと、

「帰っていいよ」

「あれ、どうして？」

「久しぶりの深川だ。あちこちぶらぶらしたいのじゃ」

「あたしが一緒では、いけませんかえ？」

「今日は、ひとりでぶらつきたいのじゃ」

「わかりましたよう」

とたんに、おはるは機嫌《きげん》が悪くなった。

亀久橋の南詰《みなみづめ》から、わざと遠まわりに、先日の滝久蔵が通ったとおもわれる道すじをたどり、秋山小兵衛は、佐賀町代地の掘割沿いの道へ出た。

細い運河に架けられた小さな橋の向うに、陽岳寺の土塀《どべい》が見える。左へ視線を転ずると、黒江橋の南詰に、又六から聞いていた三好屋《みよしや》という居酒屋がある。

陽岳寺の門前には橋が三つ。掘割には、ぎっしりと舟が舫《もや》ってあった。その中の一つから顔をのぞかせ、陽岳寺のほうをながめていた男が、小兵衛の姿を見るや、立ち

あがって陸《おか》へあがり、二つの橋をわたって声をかけてきた。

「もしや、鐘《かね》ケ淵《ふち》の大先生じゃございませんか？」

「おお。お前さんが豊次郎さんかえ？」

「はい。さようでございます。お初に、お目にかかります」

「弥七から、面倒なことをたのんで、すまぬのう」

「とんでもございません」

「別だん、変ったこともないようじゃな」

「へい。あの浪人が姿を見せるのは、日が暮れてからでございます。そこの三好屋へ酒をのみに来るので」

小兵衛は下っ引の豊次郎へ心づけを懐紙に包んでわたした。

「いけません、そんなことをなすっちゃあ。弥七親分からいただいておりますので」

「まあ、取っておいてくれ。少しばかりじゃ」

豊次郎は、こんなことをいった。

「つい先程、いままでに見ねえ顔の浪人が、陽岳寺へ入って行きまして、まだ、出て来ません」

「そうか……」

「大きな躰《からだ》をした浪人でございます。出て来たら、おもいきって後を……」

豊次郎がいいかけたとき、件《くだん》の浪人が陽岳寺の門内から出て来た。

「あ、大先生。あの男でございますよ」

「ふむ……」

あの男の顔を一目見て、小兵衛の顔色が少し変ったようである。

それを看《み》て取った豊次郎が、

「先生……大先生……」

「む……」

「あの男を御存知なんでございますか？」

「いや、知らぬ」

「さようで……」

「知らぬが、あの男の後は、わしが尾《つ》けてみよう。何か、わかるやも知れぬ。お前は陽岳寺から目をはなさぬよう、たのむ」

「へい。それでは、そういたします」

豊次郎は、小兵衛の人柄《ひとがら》について、四谷の弥七からよくよく聞いているとみえ、小兵衛の言葉のまま、素直に従った。

大男の浪人は、門を出ると編笠《あみがさ》をかぶったが、その顔は二十六年前の決闘で、小兵衛が斬って殪《たお》した山崎勘介《かんすけ》が生き返ったかのように、似ている。年齢は、ずっと若いが、まさに、

(生き写し……)

であった。

陽岳寺を出た、大男の浪人は、平野町の角を右へ曲がった。

このあたりには、法衆寺《ほっしゅうじ》、玄信寺《げんしんじ》、心行寺《しんぎょうじ》などの寺院がぎっしりと立ちならんでいる。

浪人は、仙台堀《せんだいぼり》へ出ると海辺橋《うみべ》を北へわたり、河岸沿いの道を東へすすむ。この道をどこまでも行けば深川の十万坪へ出るのだ。いうまでもなく、そこは二十六年前に滝久蔵が敵《かたき》を討ち、小兵衛が助太刀をした場所である。

男の後姿は、さほどにみじめではない。

歩調もゆったりとしていたが、二、三度、足をとめて、背後を振り返って見た。

(わしが、尾けていることに気づいたかな?)

おもったが小兵衛、あわてて姿を隠すようなことはしなかった。

この日の小兵衛は、笠をかぶっていなかった。

## 暗夜《あんや》襲撃

### 一

深川十万坪も、二十六年前とはおもむきが変っていた。

その南端、すなわち石島町のあたりには民家や、板屋根、藁《わら》屋根の漁師の家も増えていた。みすぼらしかった千田稲荷《せんだいなり》の社殿も少し大きくなり、石の鳥居がある。

といっても、一歩、裏側へまわると、荒涼たる景観はむかしのままで、一面の葦原《あしはら》がひろがっている。

山崎勘介《かんすけ》に生き写しの、件《くだん》の男は崎川橋の北詰から大栄橋をわたり、石島町へ入った。

大栄橋をわたりきったところで、また、男は足をとめ、後ろを振り返った。いぶかしげな顔つきで、後から来る秋山小兵衛《こへえ》に見入っている。

雲が出て来て、風が強くなった。

小兵衛は大栄橋をわたりきり、男の前へ、ゆったりと近づき、

「率爾《そつじ》ながら……」

と、声をかけた。

「は……？」

「もしやして、あなたは、亡《な》き山崎勘介殿の、お身寄りでござるか？　または、御子息では……？」

「はい。山崎勘介は、私の父でござる」

こたえた声に、いささかのよどみもなかった。

男は、微笑を浮かべた。

男の左頰《ほお》に笑くぼが生まれた。

そういえば、二十六年前の、あのとき、双方の助太刀どうしが名乗り合ったとき、名乗った、小兵衛の声に大きくうなずいた山崎勘介の頰にも笑くぼが浮いていた。

「秋山小兵衛」

それは別人のような、みじんも邪気のない笑顔であった。

「そこもとは？」

勘介の子の山崎勘之介《かんのすけ》が、自分の名を告げてから、小兵衛に問うた。

「私は、秋山小兵衛と申します」

「さようでござるか。なれど私が、山崎勘介の子と、よくわかりましたな?」

ものしずかな、やわらかい声なのである。

「亡《な》き父御《ちちご》に面差《おもざ》しが、そっくりなもので、ぶしつけながら、後からついてまいりました」

「さほどに似ておりますか?」

「そっくりでござる」

「ははあ……」

山崎勘之介は顎《あご》のあたりを撫《な》で、

「亡き父を知る人びとからも、そういわれます」

「ふむ、ふむ」

「して、秋山殿は亡き父と、どのような?」

「秋山小兵衛という名におぼえはござらぬか?」

勘之介は、くびを振って、こたえに代えた。

小兵衛が亡父・勘介を斬《き》って殪《たお》した男だと、知らないらしい。

「さて……」

いいさして、さすがの小兵衛も、声が出なくなった。

勘之介にとって、小兵衛は父の敵《かたき》ということになる。それと知ったなら、ただではすむまい。勘之介が、かなりの遣《つか》い手《て》であることは、その挙動から推して見て、よくわかった。ここで小兵衛がそれと告げれば、勘之介も黙ってはいまい。斬り合いになるわけだが、それを恐れている秋山小兵衛ではなかった。剣客《けんかく》どうしの勝負の結果なのだから、やましいおもいは少しもない。しかし、相手が自分の名を知らぬというのが解《げ》せなかった。当日の助太刀の名は富山藩にも知れてあるはずだ。

「父上が亡くなられたとき、勘之介殿は？」

「二歳でした」

「それでは……？」

「私は生まれたばかりで、父の顔も声も、まったくおぼえておりませぬ。秋山殿は、そのころの父を、よく御存知でしょうか？」

急に、山崎勘之介の声が切迫したものに変って、

「御存知ならば、何なりと、お聞かせ願いたい。失礼ながら、この近くまで御同道下さるまいか？」

「まあ、待たれよ」

「は……」

「あなたは、父上の最後に息を引きとられた場所を御存知か?」

「はい。それが、この近くだと聞いています」

と、いう。

いったい、どこまで、勘之介はわきまえているのであろうか。

「お住居《すまい》は?」

「この近くです」

と、山崎勘之介はこたえた。

「あなたは、先刻、陽岳寺《ようがくじ》から出ておいでになったのう」

「よく御存知で」

「はい。それを見かけて、後について まいったのでござるよ」

「陽岳寺の和尚《おしよう》を訪ねたのですが、あいにく、御不在で」

「ほう」

勘之介の言葉に嘘《うそ》はないとしたら、滝久蔵《たききゆうぞう》とは何の関係もないことになる。

秋山小兵衛は、沈黙した。迂闊《うかつ》には口に出せぬ。なるほど勘之介は、まさしく山崎勘介の倅《せがれ》であろうが、くわしい事情は知らぬらしい。

そこで小兵衛は、おもいきって尋ねてみることにした。

「亡き父上が息を引きとられた場所は、この近くということだが、父上は、どのようにして亡くなられたのじゃ？」

すると、意外にも、勘之介は淡々とした口調で、

「何やら、病いにかかったのでありましょう」

と、こたえたではないか。

「病い……と、申される」

「はい」

またも、小兵衛は沈黙した。

真実を打ちあけることが、この好もしい若者のためになるのか、どうか、と、おもい迷っているのだ。

どこからか、潮来節《いたこぶし》が風に乗ってきこえてきた。どこかで漁師が唄《うた》っているのであろう。

山崎勘之介は、相当な剣客と見たが、その点では亡父・勘介と比べものにならぬと、小兵衛は看《み》て取った。

むろんのことに、小兵衛の敵ではない。

「さあて……」

小兵衛は、竹杖《たけづえ》を持ち直し、

「あなたの父上とは、道場で二、三度、稽古《けいこ》をしただけの間だが、いまもって、忘れがたい人《じん》であった」

つぶやくようにいった。

「はあ、それは、どのような？」

と、先へ立って歩み出した勘之介の背中へ、

「それはともあれ、あなたの母御は、お達者か？」

「いえ、母は父が亡くなる一年前に、病歿《びょうぼつ》しております」

「…………」

「さ、こちらへおいで下さい」

振り向いた勘之介の声は、あくまでも明るかった。

## 二

「ま、弥七《やしち》。そういうわけなのじゃ」

三日後、鐘《かね》ケ淵《ふち》の隠宅へあらわれた、四谷《よつや》の弥七に、小兵衛は、あますところなく事情を語った。

あれから、山崎勘之介《かんのすけ》は、小名木川《おなぎがわ》に面した扇橋町《おうぎばしまち》の釣《つり》道具屋〔丸屋《まるや》与市《よいち》〕方へ、小兵衛をいざなった。

その丸屋の二階に、勘之介は住み暮していたのである。

「せまい部屋だったが、いかにも清げに住み暮していてな」

「大先生《おおせんせい》。そんなことよりも……」

「わしが、山崎勘之介の父の敵《かたき》だということかえ?」

「さようでございますよ」

「わしもいわなんだし、勘之介も全く気づいていないようだった」

「ですが、わかったときは?」

「相手しだいじゃ。立ち合おうというなら、もとより拒みはせぬ。だが、その前に、勘之介のことを、もっとよく知っておきたいとおもってな」

「…………」

「わしはな、弥七。もはや、ああしたい、こうしたいという欲がなくなっている。あの若者と勝負して斬《き》られても、それでいいのじゃ」

「と、とんでもないことを……」

「いいや、死ぬるときが来たなら、それでよい。ただ、それが勘之介にとって、よいことか、よくないことか、それがわからぬ。陽岳寺にいる滝久蔵のことも、それと知らぬらしい」

「それが、どうもわかりません。大先生。私もようやく、お上《かみ》の御用が済んだので明日からは豊次郎《とよじろう》と一緒に、陽岳寺を見張るつもりでございます。へえ、傘徳《かさとく》の病気も、すっかり、よくなりましたから、存分にはたらいてもらうつもりでおります」

山崎勘之介は、何処《どこ》からか、生活の援助をうけているらしい。そうした言葉をちらりと洩《も》らしたのである。

「それもあるし、迂闊《うかつ》に事を運んではならぬとおもったのじゃ。どうだ、探りを入れてみてくれるか？」

「承知いたしました」

今日は曇っていて、まるで冬が来たように冷え込みが強《きつ》かった。

いうまでもなく、小兵衛は炬燵《こたつ》にもぐり込んでいる。

傘屋の徳次郎が、釣道具屋・丸屋与市方の見張りを開始したのは、その翌日からであったが、早くも事態はうごきはじめた。

この日の昼すぎに、総髪《そうがみ》ながら、きれいに髪のかたちをととのえ、紋つきの羽織・袴《はかま》をつけた山崎勘之介が丸屋から出て来たので、傘徳は、すぐさま、尾行にかかった。

勘之介は、下谷《したや》・御徒町《おかちまち》の立派な武家屋敷へ入って行った。

傘徳が、近辺で聞き込みをしたところによると、七千石の大身《たいしん》旗本・生駒筑後守信勝《いこまちくごのかみのぶかつ》の屋敷だという。

四谷の弥七《やしち》を通じて、徳次郎の報告を受けた秋山小兵衛は、

「また、大身の旗本か……」

いささか、うんざりした顔つきになった。

それというのも、前の二十番斬り事件をおもい出したからであろう。

(またしても、武家の騒動が、からんでいるのやも知れぬ)

そうおもったのだ。

(これは、わしが手を出すところではないのやも知れぬ)

一時は、そうおもったが、あの大男の、何やら、人なつかしげな笑顔をおもい浮かべると、捨ててもおけぬ気持ちになってきた。

「わしに、おもうところがある。二日三日ほど待ってくれ」

弥七にそういった小兵衛が、

「おはる。川向うへわたしておくれ」

いい出たのは、つぎの日の朝であった。

今日は小兵衛、羽織・袴の礼装に、両刀を帯し、竹杖《たけづえ》は持たず、古風な檜笠《ひのきがさ》をかぶっていたものだから、おはるが、

「あれェ、先生。そんなにめかし込んで、どこかに、いい女《の》が出来たのですかよう?」

「ばかをいうのじゃない」

おはるの舟で対岸へわたった小兵衛は、ぶらりぶらりと、山之宿《やまのしゅく》まで歩き、例の駕《か》籠屋《ごや》〔駕籠駒《こま》〕へ入って、

「駕籠を一つたのむ。千造《せんぞう》と留七《とめしち》がいれば、担《かつ》いでもらいたい」

二人の駕籠舁《か》きがあらわれると、

「すまぬが、駿河台《するがだい》まで行ってもらいたい」

そういって、小兵衛は駕籠へ乗り込んだ。

旧友で、秋山小兵衛よりは三つ年上の神谷《かみや》新左衛門《しんざえもん》の屋敷は、いま、神田《かんだ》の駿河台にある。

昨夜は雨になったが、今朝は晴れわたって、しかも暖かい。

「先生。今日は、いい日和《ひより》でございますねえ」

「千造。こんなに心地《ここち》よい日和は、一年の内、数えるほどだ」

「ほんとうに、さようでござんす」

「人の暮しと同じことよ。よいときは少ない」

「まったくで」

前にも、千造と留七は、神谷邸へ小兵衛を送って行ったことがあるから、万事、心得ていて、到着までにさほどの時間を要さなかった。

「おお、そうじゃ。二人とも待っていておくれよ」

心付けをわたしておいて、小兵衛は神谷邸の門を叩《たた》き、門番へ、

「御隠居はおらるるか。秋山小兵衛がまいったとつたえてくれ」

いまは、家督を息子にゆずりわたした新左衛門は、奥庭に面した一隅《いちぐう》に隠居所を建て、老妻に先立たれた身の明け暮れをのんびりと送っている。

訪ねて来た小兵衛を迎えて、

「おお、よく来た」

新左衛門が、家来に酒肴《しゅこう》の仕度を命じかけるのへ、

「いや、それにはおよばぬ。今日は、ちと尋ねたいことがあって、まいったのじゃ」

「ほう。何でも訊《き》いてくれい」

「おぬし、七千石の御大身で、生駒筑後守様を御存知か?」

「生駒……あ、将軍《うえさま》の御側《おそば》に永らく仕えていたことがある、筑後守信勝様のことか?」

「さよう」

「六百石と七千石では、同じ旗本でも、近づきはないが、はなしに聞いたことはある。若い者の面倒をよく見る御方《おかた》だそうな。上《うえ》つ方《がた》の評判もよいというぞ」

「そうか。やはり、な」

「どうかしたのか?」

「ふむ」

「あの御方は若いころ、剣術のほうでも鳴らしたらしい」

「どこの門で、剣をまなんだ?」

「そこまでは知らぬが、かなりの遣い手であったそうな」

「なるほど」

「おい、秋山。水くさいな。何かあったのではないか?」

「ひとりで、のみこみ顔に、うなずくばかりでは、相談にものれぬではないか」

「ううむ。これは一つ、おぬしにたのんでおいたほうがよいかも知れぬ。いざともなったときは、おぬしにたのむより仕方もないことだし……」

「いざともなる？　何がだ、薄気味のわるいことをいうではないか」

ちょうど、そのころ、深川の陽岳寺の門前へ一人の老人があらわれた。

三

そのとき、下《した》っ引《ぴき》の豊次郎《とよじろう》と共に、陽岳寺を見張っていた弥七《やしち》にいわせると、

「その町人は、年のころ、六十前後で躰《からだ》が大きく、見たところ、一癖も二癖もありそうな、人相のひどく悪い……」

老人だったそうな。

これを、もし、秋山小兵衛自身が見たら、何とおもったろう。

いかに二十六年前のことでも、忘れはすまい。

老人は、金貸しの平松多四郎だったのである。弥七は、この金貸しの名は聞いてい

ても、顔を見たことはない。ともかくも、豊次郎に尾行させることにした。

やがて、陽岳寺から出て来た老人の後を尾《つ》けて行くと、

「本郷の春木町《はるきちょう》で、寺小屋をしておりました」

寺小屋というのは、一種の塾《じゅく》のようなもので、近辺の旗本屋敷や商家の子供たちへ書を教える一方で、平松多四郎は依然、金貸しをしているらしい。

だが、弥七は平松の名前など忘れてしまっていたし、小兵衛も、それだけのことでは、記憶がよみがえってこなかったのは当然というべきであろう。また、平松多四郎は住所が変っていたから、尚更《なおさら》におもい出せなかった。

「ふうむ。寺小屋のあるじが金貸しをしているというのじゃな」

「さようでございます」

「その老人は、たしかに、陽岳寺の滝久蔵を訪ねて来たのであろうか……?」

「そうとしかおもえませぬ」

「どうして?」

「滝が、その金貸しを見送って、門の外へ出て来ました」

「ほう、そうか……」

「何としても、人相のよくない爺《じい》さんでございました」

「待てよ」

ここにいたって、秋山小兵衛は、ようやく記憶の底から、平松多四郎の名をおもい出したのである。

「その金貸しの名は?」

「平松多四郎とかいうそうでございます。何でも取り立てがきびしい金貸しだと、近所でも評判の爺さんだそうで」

「よし、いささかわかってきた」

「大《おお》先生が御存知の?」

「むかしな。当時は四谷《よつや》の鮫《さめ》ケ橋《ばし》に住んでいた」

「あ……」

「おもい出したか?」

「はい。四谷の道場を大先生が建て直したとき、金を借りたという、あの因業《いんごう》な金貸しでございますか?」

「いや、決して因業な男ではない。あの男は顔で損をしているのじゃ」

翌日になると、小兵衛は、

「しばらく、外で暮すぞ」

おはるにそういって、深川まで舟を出させた。深川・島田町の長屋には鰻売《うなぎう》りの又六が老母と共に住んでいる。そこへ身を移そうというわけだ。

さまざまな探索の舞台が深川を中心におこなわれているのだから、小兵衛自身が深川へ行っていることは、万事に便利となる。

四谷の弥七も、これには賛成であった。小兵衛の指図を受けるにしても、

「大先生が又六さんのところへおいでになれば、万事に心強いことでございます」

「うむ。だがな、わしはわしですることがある。しかし、当分の間は、日暮れまでに又六の家へ帰ってくることにしよう」

「わかりましてございます」

深川へ着いた秋山小兵衛は、先《ま》ず、蕎麦屋《そばや》の〔万屋《よろずや》〕へ入り、おはるに又六を呼ばせにやっておいてから、主人《あるじ》の太四郎《たしろう》をまねき、

「先日、お前さんが懲《こら》しめた大男の浪人者な。あの男は、いつも顔を見せるのかえ？」

「いいえ、あのときが、はじめてでございます。どうも、とんでもないところをお目にかけてしまいまして……」

「いや、別にどうということはない。それよりも酒をたのむ」

「はい。承知いたしました」

滝久蔵は、万屋の常客ではないことが、これでわかった。

久蔵は、陽岳寺前の居酒屋〔三好屋《みよしや》〕へ酒をのみに行くが、三好屋の亭主・宗七にいわせると、

「いくらのんでも暴れることはない」

そうだし、連れがあるときは、

「勘定《かんじょう》は、いつも、滝の旦那《だんな》がきちんとはらって行く」

ということだ。

すると、店によっては、滝久蔵の印象が大分にちがってくることになる。

おはるが帰って来て、又六が留守であることを告げた。でも、又六の老母・おみねが、

「行先はおよそわかっていますから、私が一ッ走り行ってみましょう。大先生に、そうつたえておくんなさいまし」

と、いったそうである。

「そうか、よし」

うなずいた瞬間、小兵衛は衝動的に、ある決意がひらめいた。

「おはる。すまぬが別のところへ使いに行ってくれぬか」

「でも、腹が空《す》いたよう」

「子供のようなことをいうのではない。あとで、たっぷりと食べさせてやる」

「どこへ行くのですよう？」

「あのな、小名木川《おなぎがわ》の新高橋《しんたかばし》を知っていような」

「あい」

小兵衛は腰から矢立《やたて》を引き抜き、懐紙をひろげ、

「ほれ、ここが新高橋で、こっちが扇橋《おうぎばし》だ。その扇橋の東詰《ひがしづめ》、ここのところに、丸屋という釣《つり》道具屋がある。そこに、山崎勘之介《かんのすけ》という浪人《じん》がいてな。よいか、わしの名を告げ、その人に此処《ここ》へ来てもらってくれ。いや、待て。ついでに、わしが手紙を書こう」

手短かに、小兵衛が懐紙へしたためたのを持って、おはるは万屋を飛び出して行った。

おはるは陸《おか》の上を釣道具屋へ向ったのではない。近くの船宿〔立花〕へあずけてある小舟で、仙台堀川《せんだいぼりがわ》を東へすすみ、崎川橋の下を潜《くぐ》ってから堀川を左折し、扇橋へ向ったのだ。

こうしたとき、小舟を使うと、まことに便利だ。

おはると入れちがいに、又六が万屋へあらわれた。

「ちょっと、得意先をまわっていたもので、相すみません」

「ま、こっちへおいで。蕎麦をやらぬか?」

「はい。いただきます」

「お前のおふくろは元気らしいのう」

「へい」

「お秀《ひで》との一件はどうした?」

「それが、やっぱり、いけねえというですよ」

「困ったのう」

「へえ」

「しかし、子が生まれるというところまできているのだから、おふくろも考えそうなものじゃ」

「まだ、ほんとにしねえですよ」

「又六。わしは今夜からお前のところへ泊る。どれほど泊るか知れぬが、その間に、おふくろの様子を見て、何とか説きふせてみよう」

「ほんとですか。うわ、ありがてえ」

又六は飛びあがって、よろこんだ。

## 四

おはるが戻って来て、すでに蕎麦《そば》を食べ終えた又六に、小兵衛の身のまわりの品をわたした。

又六はすぐに、島田町の家へ駆けもどって行く。

「山崎勘之《かんの》介《すけ》殿は、いたかえ?」

「あい。すぐに、こちらへ来るそうでござんす」

「そうか。お前も蕎麦を食べておしまい。そうしたら、わしのことはかまわずに帰っておくれ」

「だって先生……」

「いいから、そうするのじゃ。お前の実家《さと》へ行ってもよい。くれぐれも気をつけてな」

蕎麦を食べて、おはるが出て行って間もなく、

「こちらに、秋山小兵衛殿という方がおられるか？」

表の戸障子を引き開け、山崎勘之介が顔を出した。

「あ、こちらにおります。こちらへおいで下さい」

小兵衛が声をかけると、

「先日は失礼をいたしました」

と、折目正しく挨拶《あいさつ》をして、勘之介が近寄って来た。

「さ、こちらへ、どうぞ。おあがり下され」

「ごめんを」

「さ、おあがりを――酒をたのむ、いや、待て。酒はのまぬうちがよい」

入れ込みの一隅へ、勘之介が坐《すわ》ると、小兵衛は衝立《ついたて》を引き寄せ、

「先日は、くわしいはなしをいたさなんだが……」

「は？」

「そこもとの父御は、病いにかかって亡《な》くなられたというが、それは嘘《うそ》の事でござる」

「嘘？」

「さよう。そこもとの父、山崎勘介殿を斬《き》った本人が申しているのだから、間ちがい

はない」

「……」

さすがに、勘之介の顔色が変った。変ったが、落ちついている。刀も引き寄せようとはしない。

「これは、たがいに、剣客《けんかく》としての義理と立場によって、斬り合《お》うたのでござるが、それがしが、そこもとにとっては父御の敵《かたき》であることに間ちがいはない」

「……」

「そもそも、そこもとが、亡き父御の御最期《ごさいご》のありさまを知らぬというのは、どういうことなのか？　いろいろ事情もあることと存じ、打ちあけるのをはばかったのでござるが、これがもし後になってわかったときは秋山小兵衛、卑怯《ひきょう》のそしりを受けることになる。先ほど、決心をいたし、そこもとに何も彼《か》も申しあげることにいたした」

そういうと、山崎勘之介が、ほろ苦い微笑を浮かべて、

「やはり」

うなずいたものである。

「やはり、とは？」

「そのことを、私に打ちあけてくれた人がありますʼ」

「どなたじゃ」

「以前、巣鴨《すがも》に、一刀流の道場を構えておられた佐々木勇造《ささきゆうぞう》先生でござる。亡き父とは、無二の親友だったそうで」

「何といわれる？」

佐々木勇造は、故人となり、道場もなくなってしまったが、実力のほどは、小兵衛も聞きおよんでいる。

小兵衛の息《そく》・秋山大治郎の妻三冬《みふゆ》が若いころ、剣術をまなんだ金子孫十郎《かねこまごじゅうろう》のような名流ではなく、町の一隅《いちぐう》に小さな道場を構えて生涯《しょうがい》を終えた老剣客だが、

「全く欲のない男でのう。いま少し欲を出せば、江戸でも五本の指に入るほどの男じゃ」

金子孫十郎が、いつであったか、小兵衛に洩《も》らしたことがあった。

「さようか……そこもとは、佐々木勇造先生の……」

「父亡きのち、手塩にかけて、育ててくれましたのも、佐々木先生でございました」

「で、秋山小兵衛の名を聞いたこともないといわれる？」

「はい。亡き父は剣の道に従って斬死《きりじに》をしたのだから、すべて忘れるように、と佐々木先生にいわれました」

「ふうむ……」

「病いで死んだとおもえと、おさとしを受けました。なれば、どなたにも、そういって通してまいりました」

「ふうむ」

「この後、何かあって、そのことがわかったときのために、いまのうちに念を入れておく。そう申されまして、その年の秋に亡くなられたのです。私が二十歳のときでした」

「のう、勘之介殿」

「は?」

「そこもとが望むなら、秋山小兵衛、真剣の勝負をしてもよろしいが……」

「望みません。それより、亡き父のことをおはなし下さい」

と、山崎勘之介は、小兵衛が拍子ぬけするほど、実に恬淡《てんたん》としたものであった。

小兵衛は、酒を奥にたのむと、自分を圧倒した山崎勘介の剛剣について語った。

しかし、滝久蔵の敵討ちについてはふれなかった。また、勘之介も強《し》いて尋ねようとはしなかった。

「よくわかりました」

一礼して、勘之介は、こんなことをいった。

「私も、四人ほどの人を斬っております。それに関《かか》わる人びとの恨みを背負って、生きている身でござる」

二人のはなしは、そこで尽きた。

秋山小兵衛は隠宅の場所を教え、今後の交誼《こうぎ》を約した。

「心が変ったなら、いつにても申し出られよ。お相手をいたす」

「はい。ですが、そうしたことにはならぬとおもいます。あ、それから……」

「ふむ?」

「亡き佐々木先生は、常々、いまの江戸で名人といわれる剣客は、四谷《よつや》に道場を構えている何やらと申すお人だといわれていましたが、そのお名前をおもい出せません。もしやして秋山殿は、その……」

「はい。四谷にいたこともござる」

「やはり」

勘之介は膝《ひざ》を叩《たた》いて、

「名利《みょうり》も欲もないお人ゆえ、世には出なかったが、稀代《きたい》の名人だそうな。折あらば、一手の指南を請《こ》いたいものだがと、申されておいでてでした」

おもはゆげに、小兵衛は顔を撫《な》でた。

佐々木勇造が謙虚な人柄《ひとがら》だったことは、その言葉でもよくわかった。

「秋山先生。では、これにて」

勘之介の声もあらたまって、

「お目にかかって、亡き父も、よろこんでおりましょう」

「さようにおもって下さるか?」

「はい」

まことに、小兵衛としては、好感を抱かざるを得ない、山崎勘之介であった。

小兵衛は、外まで勘之介を、見送りに出た。

外へ出た勘之介は、仙台堀川に沿った道を東へ歩んで行く。

これを見た浪人ふうの男がひとり、平野町の商家の軒下から出て来て、勘之介の後を尾《つ》けはじめた。

小兵衛は、これに気づかず、坐り直して、新しい酒を注文した。

## 五

深川には、仙台堀の政吉《まさきち》という御用聞きがいて、土地《ところ》の評判もよく、四谷《よつや》の弥七《やしち》とも仲がよい。

そこで弥七は、政吉に会い、今度のことで探りを入れてもらうことにした。

その夜、又六の長屋へ泊った秋山小兵衛のもとへ、弥七は政吉を連れてあらわれた。

もとより、小兵衛に異存はない。ことに、陽岳寺《ようがくじ》などを探る場合、土地の御用聞きではないだけに不便であった。

「はい。陽岳寺の和尚《おしよう》さまなら、よく知っております」

政吉は、そういって、

「たしかに、あの寺には浪人がひとり、住んでおりますが、和尚さんとは、あまり関わり合いがないようでございますよ」

と、いう。

滝久蔵は、何処《どこ》かの商家の口ぞえによって、陽岳寺の物置小屋を借りることができたらしい。

つぎは、山崎勘之介《かんのすけ》と陽岳寺の関係であるが、翌日、早速に仙台堀の政吉が陽岳寺へ行って調べて来てくれた。

何のことはない。陽岳寺は山崎家の菩提寺《ぼだいじ》で、勘之介の父母の墓があるそうな。

「さて、つぎは、何処へ手をつけましたら?」

「弥七。陽岳寺は当分、豊次郎《とよじろう》にまかせておこうではないか。その間に、わしはちょっと行ってみるところがある。お前も徳次郎もやすめ」

「そんな、手をぬいてしまって、よいのでございますか?」

「よいとも」

小兵衛は、山崎勘之介に、すべてを打ちあけたので、心がさっぱりとしたし、

(もう、これでよいわ)

明日にも鐘《かね》ケ淵《ふち》へ帰るつもりになっていたのである。

翌日、小兵衛は、富岡八幡宮《とみおかはちまんぐう》・門前の菓子舗《みせ》〔橘屋《たちばなや》〕へおもむき、名代《なだい》の〔末広《すえひろ》おこし〕を大きな桐箱《きりばこ》に詰めさせ、見送りに来た又六へ、

「日暮れまでには帰る。何事も起るまいとおもうが、みなにそういっておいてくれ」

いい置き、町駕籠《まちかご》を拾うと、永代橋《えいたいばし》を西へわたって行った。

小兵衛は、あの金貸し浪人の平松多四郎を訪ねてみる気になったのだ。

多四郎は、本郷・春木町の自宅にいて、小兵衛を見ても、はじめのうちは、だれだかわからなかった。

それはそうだろう。二十六年前の小兵衛は髪も黒かったし、躰《からだ》の肉づきもよかった。

「秋山小兵衛でござるよ」

名乗ると、平松多四郎が、

「あっ」

おどろいて、目をみはり、

「これはこれは……」

「お邪魔してよいかな？」

「さあ、どうぞ、おあがり下さい。あなたは、もう亡《な》くなっているものとばかりおもっていましたよ」

いいにくいことを、あのとき、平松は遠慮なしにいう。

「おお、そうじゃ。あのとき、生まれたばかりの男のお子は、お達者か？」

「はい。あれから間もなく、こちらへ移りましてから、よい女中にめぐまれまして、この女が二十何年もいついてくれ、伊太郎《いたろう》を育ててくれましてな」

そこへ、お元《もと》という女中が茶菓を運んで来た。でっぷりと肥えた赭《あか》ら顔の中年女で、化粧の匂《にお》いさえなかった。

「ときに、秋山先生」

「何でござる？」

「いかほど、御用立てをいたしましょうか?」

平松多四郎は、小兵衛が金を借りに来たものとばかり、おもい込んでいるらしい。

「いや、そのような用事でまいったのではない」

「此処《ここ》が、よくわかりましたな?」

「ちょいと耳へはさんだので、この近くへ来るついでに立ち寄ったのでござるよ」

「いまも剣術のほうを?」

「冗談をいいなさるな。もはや、木刀を持っても腰がふらつく年齢《とし》になってしまいましたよ」

「……………」

「ところで、伊太郎さんは、いくつになられた?」

「二十七歳になります」

六十を一つ二つは越えているはずの平松多四郎は、意外に変って見えなかった。いかつい容貌《ようぼう》も、むかしのままであった。

ただ、むかしとちがうところは、身なりも髪の結い方も町人になりきっていた。

「伊太郎さんに会いたい。あれから二十六年もたった姿を見たい」

すると、多四郎が苦虫を嚙《か》みつぶしたような顔つきになり、

「いま、おりませぬ」

「ほう」

「きゃつめ、仕事を手つだわせておりますうちに……」

「ふむ、ふむ」

「悪い遊びをおぼえてしまいましてな」

「ほう」

「おそらく、いまごろは、根津権現《ねづごんげん》・門前の岡場所にでも行っているのでありましょうよ」

「ははあ」

「生まれたころは、夜中《よじゅう》、ぴいぴいと泣きつづけて、まことに困ったもので……しかも、躰が弱くて、伊太郎のために使った医薬の代だけでも大変なものになります」

「その伊太郎さんが、女遊びをするほど、丈夫になったのだから、よいではありませぬか」

「そういわれると、何と申してよいやら……」

苦笑する平松の顔に、父としての愛情が隠しきれないのを、小兵衛は看《み》て取った。

平松多四郎の家は庭もあって、寺小屋の建物は別棟になっているらしい。

小兵衛は、よほど、滝久蔵について尋ねてみようとおもったが、やめにした。

「それでは平松さん。また出直して、伊太郎さんの顔を見に来ましょうよ」

「はい。先生はいま、何処に、お住いで？」

「鐘ケ淵のあたりに」

「さようで。あの辺はよいところでございますなあ」

「一度、お遊びにおいで下さい」

「かたじけないことで」

平松多四郎は両手をついて、頭を下げた。

以前と少しも変らぬ小兵衛の態度がうれしかったらしい。だれもが因業《いんごう》な金貸しだという目で自分を見るが、秋山小兵衛は、以前の借金についても厚く礼をのべたし、菓子箱をたずさえて、

「つい、なつかしくおもい、立ち寄りました」

そういった。

金貸しとなって以来、このようなことは、多四郎にとって、はじめてのことといってよい。

「秋山先生。今度は私が御隠宅をお訪ねします。深川のあたりへも用事がございます

から」

「ほう、深川へな」

「はい」

「では、ごめんなさいよ」

玄関を出ると、小さな冠木門《かぶきもん》がある。そこを出て振り向くと、多四郎が、まだ見送っているではないか。

一礼して、秋山小兵衛は春木町三丁目の通りへ出た。左へ行けば本郷通り、右へ行けば、湯島の切通しを下って池ノ端へ出る。

その池ノ端の方向から、いましも、こちらへ向って来る若者の姿を見て、

(あ、これが伊太郎殿か……)

と、小兵衛は直感した。

小兵衛は四谷にいたころ、平松多四郎の妻女を二度ほど見たことがある。一度は平松宅で、一度は平松の代理で借金を取り立てに来たのだ。

伊太郎は、その亡き妻女の面影《おもかげ》を濃厚にとどめている。平松の妻は瓜実顔《うりざねがお》の美しい顔だちをしていた。その母親に似ているのだから、伊太郎は、いうまでもなく美男である。

(なるほど。これなら、女が捨てておくまい)

小兵衛は、冠木門の扉《とびら》へ手をかけた伊太郎へ、

「もし、平松伊太郎殿ではありませぬか？」

声をかけると、

「はい。父に御用事でも？」

「さよう。久しぶりで、お目にかかりました」

すると、伊太郎が身を寄せて来て、

「何ぞ、嫌《いや》なおもいをなされましたか？」

「いえ、別に……」

「父は、取り立てがきびしくて、口の悪い男ですから……」

伊太郎は、羽織・袴《はかま》をつけ、両刀を帯しているけれども、こうした姿で父の代りの借金の取り立てに行くのであろう。

「伊太郎殿。いやさ、伊太さん」

あらためて親しげに呼びかけられ、伊太郎はびっくりしたようだ。

「はい？」

「伊太さんは、根津の、何という店がなじみですかな？」

「えっ。父が何か申しましたか？」

「いうともなく、聞くともなく」

にこにこと笑いかけながら、小兵衛がいうものだから、伊太郎は、たちまち、はなしに乗って来て、

「根津を、よく御存知で？」

「この年をして、面目もない。ときおり、足を運びます」

「さようですか、それはどうも」

「ま、その辺で蕎麦《そば》でもいかがかな？」

「よいですなあ」

ちょうど、昼どきになっていた。

「御供《おとも》をいたします」

「では、こうおいでなされ。伊太さんは酒をたしなまれますか？」

「はい。ですが何分にも……」

「父御がうるさい？」

「そうなのです。失礼ですが、お名前は？」

「秋山小兵衛と申しますよ。私は、あなたが生まれた年に、あなたの父御と知り合い

ましてね。ちょうど、母御が亡くなられた年でしたかな」

「さよう。その通りです」

「伊太さんは泣き虫だったそうな」

「そうらしい。父から何度も聞かされました」

「で、根津の何という店へ？」

「越後屋《えちごや》です」

「あ、よく知っている」

「おあがりになったことは？」

「それはまだ、一度もない。伊太さんは越後屋の、何という妓《おんな》を？」

「お篠《しの》という妓です」

伊太郎は、素直にすらすらとこたえる。

「それが色の黒い、凧《たこ》の骨のような女でしてね」

「ふむ、ふむ」

「はじめて見たときは、うんざりしましたが、いざとなると、この妓、なかなかのものでしてね」

「ふむ、ふむ」

「肌《はだ》がなめらかで、吸いつくような……」

「なるほど、なるほど」

「あ……おもい出しました」

「何を？」

「以前、秋山先生のことを、折にふれて、父が申しておりました」

「ほう。どんなことを？」

「秋山先生は、剣術のほうも大したものらしいが、金を借りるのも名人だとか……」

「これは、どうも自慢にならないことじゃ」

「いや、返済の期日を一度も忘れたことがない。ああいう人には、こちらから金を貸したくなると……」

「いやこれは、おそれいった。ところで、伊太さんは、剣術のほうは、おやりにならないのかな？」

「あんなものは、私にとって、するだけむだですよ」

いいさして伊太郎が、あわてて坐《すわ》り直し、

「これは、秋山先生に、ぶしつけなことを申しました」

頭を下げた。若者らしい、その率直な態度を、小兵衛は好ましくおもった。

そこへ、あられ蕎麦と酒が二本、運ばれて来た。

此処は、本郷五丁目の蕎麦屋〔瓢箪屋《ひょうたんや》〕の支店で、本店は麴町《こうじまち》四丁目にある。

「さ、おあがり」

「はい。では、頂戴《ちょうだい》いたします」

伊太郎は、貝柱を浮かせた蕎麦を、箸《はし》さばきもあざやかに手繰り、小兵衛の酌《しゃく》で酒をのみ、

「あ、よい酒ですなあ」

「この店を知らなかったかえ?」

と、小兵衛は、自然、孫に対するような口調になって、

「わしのところにも、ここと同じ酒がある。今度、遊びにおいでなさい」

「はい、ありがとう存じます」

「これは少ないが……」

小兵衛は、手早く、小判三枚を懐紙に包み、

「軍資金の足しに、報謝いたす」

「ぐんしきん?」

「根津の戦場で、戦うときの……」

「これは、おそれいりましてございます」

「あのおやじどのでは、軍資金も、おもうようになるまい」

「そのことです、そのことです」

「さ、早く仕舞っておしまいなさい」

「は。はい」

「この店の麴町の本店には、むかし、よく、足を運んだもので、伊太さんの父御も一度か二度、おさそいしたことがある」

「少しも存じませんでした」

この日も、伊太郎は、数カ所をまわり歩いて、父の代りに借金の取り立てをすませてきたらしい。

「父は、こんなときにも、羽織・袴をつけ、両刀を差して行けと申します。いやはや、こんな重い物を……」

大刀はすでに脱していたが、差しぞえの脇差《わきざし》を帯から外した伊太郎は、

「いまの侍は、こんなものになってしまいました。秋山先生は、お見受けしたところ、さすがに大小を帯びておいでですね」

「いや、わしも、このごろは少々、持てあましているところなのじゃ」

伊太郎と小兵衛は、いっぺんに打ちとけた。

「伊太さん。これから先、何か困ったことがあったら、いつでもおいでなさい。相談に乗るよ」

「ありがとうございます」

頭を下げた平松伊太郎が、

「ああ、うちの親父《おやじ》と秋山先生が、取り替ってくれたらなあ」

つくづくと、そういった。

六

「はい。その女は、根津《ねづ》で牛蒡《ごぼう》の化け物とか、牛蒡女とか、うわさをされているようでございますよ」

三日後の日暮れ方に、小兵衛の隠宅を訪ねて来た傘屋《かさや》の徳次郎が告げた。

秋山小兵衛は、昨日の午後から、深川の又六の家を引きはらい、鐘《かね》ケ淵《ふち》の隠宅へ帰って来ている。

「徳や。その女と遊んでみたかえ?」

「冗談じゃあございません。そんなことをしたら、うちの親分に殺されてしまいます」

山崎勘之介《かんのすけ》とのことが、よい後味を残して解決がついたので、小兵衛は上機嫌《じょうきげん》であったし、いまのところは別に、探りをすすめることがなくなったので、陽岳寺《ようがくじ》を見張っている豊次郎《とよじろう》のみを残し、深川から引きあげることにしたのである。

傘屋の徳次郎が、まだ、隠宅から去らぬうちに、四谷《よつや》の弥七《やしち》があらわれた。

「弥七。日が詰まってきたのう」

「もうすぐに、冬でございますね」

「また寒くなるのう」

小兵衛は、顔を顰《しか》めた。

おはるが酒の仕度をするうちにも、たちまち、あたりが暗くなり、冷え込みが強《きつ》くなるのがわかった。

大川《おおかわ》(隅田川《すみだがわ》)を行く船の櫓《ろ》の音が、いやにはっきりと聞こえる。

「もうすぐに師走《しわす》か……」

「いやですねえ、何となく心細い」

と、おはるがいう。

「大先生《おお》。例の陽岳寺にいる浪人のことでございますがね」

「滝のことかえ?」

「はい。豊次郎がいいますには、ちかごろ、身なりをきちんとして、度《た》び度《た》び、何処かへ出かけて行くようでございます」

「何処へ?」

「それが、途中で土産物なんかを買って、舟に乗ってしまうので、後をつけそこなってしまうのだそうで」

「ふうん」

「今度こそは、かならず、行先を突きとめると、豊次郎はいっていますが……」

「そうだ」

「どうなさいました?」

「いや、しばらく碁を打っていない。小川宗哲《そうてつ》先生のところへ、これから行って来《こ》ようかな」

「夜歩きは、よしになすったほうが……」

「ほんとにそうですよう」

と、おはる。

「子供じゃあるまいし、心配をするな。そうだ、みんなで二つ目の五鉄《ごてつ》へ行って軍鶏《しゃも》なべでもやろうか。おはるもおいで」

「私も行っていいのですかえ?」

「たまには、外で食べるのもいいだろう」

「そりゃ、いいに決まっていますけど」

「そうと決まったら、さあ、出かけよう」

四人で、堤の道へあがって行った。

「曇っているのう」

「今夜は雨になるかも知れません」

ぶら提灯《ちょうちん》は二つ用意し、一つは傘徳が、一つはおはるが手に持った。

小兵衛は着ながしに脇差《わきざし》一つだけ。手に例の竹杖《たけづえ》を持っている。

それから〔五鉄〕へ行き、おもうさま、食べたり飲んだりしてから、小兵衛は弥七たちと別れ、おはるを連れ、程近い、本所《ほんじょ》・亀沢町《かめざわちょう》の小川宗哲宅へ向った。

碁敵《ごがたき》の宗哲が、これを、よろこんで迎えたことはいうまでもない。

しかし小兵衛は、おはるを待たせていることだし、長居をするつもりはなかった。

碁を打ちながら、小兵衛が平松多四郎親子のことを語ると、

「おもしろいな、その伊太郎《いたろう》というやつ。大小の刀なんか、そういう男には、ふさわしくないのう」

「さようでしょうかな？」

「だって、そうおもわぬか？」

「おもわぬことも、ない……」

「一度、会ってみたいのう」

「あなたが、特別、ごらんになるような男でもありませぬよ」

「そんな親父《おやじ》から遊びの金をくすねるのは、さぞ骨が折れよう」

「いかさま、さようでござる。さて、そろそろ、おいとまをいたしましょうかな」

「まだ、よいではないか、、、」

「山の神が、しきりにあくびをしております」

「あれ、いつ私があくびをしましたよう」

「ま、よい。先へ出て、提灯に火を入れておけ」

小川宗哲宅を出た秋山小兵衛は、幕府の御竹蔵《おたけぐら》の裏道を抜け、大川端の道へ出た。

左は、まんまんと水をたたえた大川がひろがり、右側は内藤、阿部《あべ》といった大身旗本の屋敷である。

その中程に、ひろい空地があった。

そこへ、さしかかろうとしたとき、

「おはる、待て」

突如、小兵衛が押し殺した声をかけた。

「え?」

提灯で道を照らしつつ、先に立って歩んでいたおはるが、

「何が……?」

いいかけたとき、空地の闇《やみ》に何かぴか、ぴか、ぴかっと光った。

「おはる、こっちへ来い」

「あい」

おはるは、さほどにおどろく様子もなく、後ろへ下って来た。

刃《やいば》と刃が嚙《か》み合う音がしたのは、そのときであった。

空地の奥のほうで、数名の者が斬《き》り合っているらしい。

「もっと、こっちへ……」

小兵衛は、おはるの腕をつかんで引き寄せ、

「怖いかえ?」

ささやくと、おはるはかぶりを振って、

「先生がいるもの、怖くはない」

小声で、いった。

その間にも、刃を打ち合う音がしていたのだが、ややあって、

「う……」

唸《うな》り声と共に、人が打ち倒れた気配がした。

何をおもったか、小兵衛が、おはるへ、

「其処《そこ》をうごくな。よいか」

「あい」

小兵衛は空地へ足を踏み入れ、

「もし、何の争い事でござる？」

声をかけたが、こたえはない。

「一人を相手に、斬り合ったものとみえる。ちがいますかな」

月も無い暗夜だけに、小兵衛とおはるが見ていたことを気づかなかったらしいが、

「だれか、見ている」

ささやく声がした。

「もし……」

小兵衛は、さらに空地へ踏み込んで行き、

「斬られたのは、どなたでござる?」

こたえはない。

斬られて倒れた者が、唸り声をあげているのみだ。

「もし?」

すると、舌打ちを鳴らす者がいて、

「面倒な」

声と共に、走り寄って来た者がいる。

こやつは、手槍《てやり》を持ってい、いきなり、小兵衛めがけて突き入れて来た。

その瞬間、

「ああっ……」

悲鳴をあげたのは、小兵衛ではなく、手槍の男であった。

身を躱《かわ》した小兵衛が、竹杖で、男の顔を横なぐりに打ち据《す》えたのである。

同時に小兵衛は、男が落とした手槍を拾い取っていた。

「見られて、疾《やま》しいことがあるのか? どうもそうらしいのう」

「黙れ!!」

一人が叫ぶと同時に、走り寄って、小兵衛へ斬りつけて来た。

こやつも、たちまちに、

「あっ……」

ころげるようにして、

「手強《てごわ》いぞ」

と、叫んだ。

早くも、小兵衛の手槍に何処かを突き刺されたらしい。

小兵衛は身を引き、あらためて、空地の中の気配をうかがった。

「せ、先生……」

「はなれていろ。その提灯を、もっと空地のほうへさしむけておくれ」

「こ、こうですか?」

「よし」

いうや、小兵衛はまたも、空地の中へ踏み込んで行った。

とたんに、

「うわ……」

「あっ……」

曲者《くせもの》どもの声がしたかとおもうと、

「いかぬ。引けい」

だれかが叫んで、いっせいに空地から大川沿いの道へ走り出して来た。

それより早く、走りもどった秋山小兵衛は、おはるの手から提灯を取って、逃げる曲者どもへ差しつけるようにした。

曲者どもは、道を北のほうへ逃げて行く。その数は六人と見た。そのうちの数人、おそらく三人ほどは、小兵衛から傷を受けているにちがいない。

「この闇夜では、どうしようもないわえ」

小兵衛が舌打ちをして、

「逃げ足の速いやつどもだ」

吐《は》き捨てるようにいったとき、

「むうん……」

また、唸り声がきこえた。

「おはる。其処をうごくなよ」

「あい」

空地の中へもどった小兵衛は、提灯のあかりで、草むらに倒れている人影を見つけた。

此処《ここ》も、何処かの旗本か大名の下屋敷でもあったのだろう。池の跡もあったが、庭のあたりは荒れほうだいであった。

右手に提灯、左の小脇《こわき》に手槍を抱え、小兵衛は倒れている人影に近寄って行った。

「もし……もし……」

「う、うう……」

「どこをやられた?」

「あ……むう、うう……」

人影は、起きあがることもできぬらしい。

さらに近寄り、人影に提灯を差しつけて見て、

「あっ」

おもわず小兵衛は、おどろきの声をあげた。

# 浪人《ろうにん》・伊丹又十郎《いたみまたじゅうろう》

## 一

重傷を負い、倒れていた男は、山崎勘之介《かんのすけ》であった。さすがの秋山小兵衛《こへえ》も、これには驚愕《きょうがく》した。

「おはる」

「ど、どうしたのですかよ?」

「お前、小川宗哲《そうてつ》先生のところまで、ひとりで行けるか?」

「怖いよう」

「それでは、わしが行くより仕方もないが、お前、此処《ここ》へ残ってくれるか?」

「とんでもない。それも怖い。あいつらがもどって来ると……」

「うむ。では、やはり、お前が宗哲先生のところへ行け。早くせぬか」

「ち、提灯《ちょうちん》は……」

「提灯は、わしが持っている。いや、待て。この闇夜《やみよ》に提灯なしではどうにもなるまい。お前が持って行け。その前に、傷処《きずしょ》をあらためておこうか」

こういって、小兵衛は勘之介の傷処をあらためた。

「これは……」

つぶやいた小兵衛が、

「ひょっとすると……」

「助からないのかね？」

「ううむ……」

おはるは、提灯を受け取ると、大川《おおかわ》（隅田川《すみだがわ》）沿いの道を南へ去った。

小兵衛は、

「これ、山崎勘之介殿。しっかりなされ。わしは秋山小兵衛でござる。これ……」

「むう……」

勘之介は、半ば、気を失いかけている。

刀の傷は、それほど重いものではなかったが、左の太股《ふともも》を手槍《てやり》で突き刺されてい、このほうの出血がひどかった。

傷の手当をしながらも、小川宗哲が駆けつけて来るまでの時間は、小兵衛にとって、ひどく長いものに感じられた。

やがて、宗哲が、おはると共にあらわれた。

「小兵衛さん。大変なことだったらしいのう」

「先生。まことに、御苦労をおかけいたしましたが、この若者は知り合いの者でして……」

「ふむ、ふむ」

すぐに、小川宗哲は山崎勘之介の傷をあらため、

「ふうむ。さすがに小兵衛さんじゃ」

と、いったのは、重傷の部分に血止めがほどこされていたからである。血止めに使った布は、勘之介と自分の衣服を引き裂いたものだ。

「だが、わしのところへ運んで行くとなると、さらに出血してしまう。何処《どこ》か、この近くに……」

宗哲に、そういわれて、小兵衛の脳裡《のうり》に浮かんだのは、本所《ほんじょ》・横網町《よこあみちょう》の〔鬼熊酒《おにくまざか》屋《や》〕のことだ。

（あそこなら、世話をしてくれよう）

そうおもったが鬼熊酒屋と小川宗哲宅とは近間《ちかま》である。それなら、いっそ宗哲宅へ運び込んだほうがよい。

するると、小川宗哲が、

「あ、そうじゃ。石原町に住む御家人《ごけにん》で、三島房五郎《みしまふさごろう》という人《じん》が、わしの碁敵《ごがたき》じゃ。そこへ運ぼう」

「かまいませぬか?」

「かまわぬだろう。よい人だから、引き受けてくれよう」

宗哲は、こういって、

「小兵衛さんは、足のほうを持って下さるか?」

「はい」

「大丈夫かな?」

「先生。まだ、これしきの役には立ちましょうよ」

宗哲と二人で、山崎勘之介の躰《からだ》を運ぶことになったが、何しろ、勘之介は大男だけに、おもったより重い。さいわいに石原町は目と鼻の先であったが、秋山小兵衛は、大汗をかいてしまった。

「なれど、さすがに小兵衛さんじゃ。汗をかいても息切れはせぬのう」

「いや、おそれいります」

五十俵二人扶持《ぶち》という御家人の三島房五郎は、さいわいに在宅していて、はじめはおどろいたが、

「さ、宗哲先生。かまわずに、その人を中へ……」

こころよく、いってくれた。

子がなく、妻女と二人きりの三島房五郎は、四十前後に見えた。下男一人、女中一人がともに暮している。

宗哲は、用意してきた莫蓙《ござ》を敷き、その上へ勘之介を横たえた。

勘之介は、低く唸《うな》っている。

「三島さん。おそれいるが、わしの宅へ使いの人を出してくれませぬか?」

「ようござんすとも」

言葉づかいもさばけていたが、三島は気軽く立ちあがって、

「私が一ッ走り、行って来ましょう」

「相すみませぬな」

「なあに、これしきのことは何でもない。命の恩人、宗哲先生のお役に立つのなら何でもやります」

「では……」

宗哲は矢立《やたて》の筆で、懐紙に何やらしたため、

「うちの若い者に、おわたし下さい。そして、当人も、こちらへ来るよう、おつたえ下さらぬか」

「承知しました」

宗哲が「若い者」と、いったのは医生《いせい》の佐久間要《さくまかなめ》のことである。

「いや、宗哲先生。このおはるは、怪我人《けがにん》の様子が、よくわからなかったらしい」

と、小兵衛。

「そりゃ当然のことじゃよ。おはるさんは女の身で、暗い道を、よく、わしのところまで来てくれた。ほめてやりなさい、ほめて……」

医生・佐久間要は、まだ十九歳の若者であった。

小川宗哲の古い友人で、上総《かずさ》・大多喜《おおたき》に住む町医者・佐久間玄伯《げんぱく》の長男に生まれた要は、つい先ごろ、医術修行のため、江戸へ来ていたのである。

やがて、要は、三島房五郎と共に駆けあらわれた。

「先生。遅くなりました。これで、よろしいですか?」

宗哲が書いてよこした薬品類を、其処《そこ》へならべた。それをあらためて、

「よろしい」

小川宗哲がうなずくのを見て、要は安心したように秋山小兵衛へ笑いかけた。

宗哲も、おはるの知らせを受け、薬や器具を持って出たのだが、それでは足りなかったものとみえる。

すでに宗哲は、傷口の縫合をはじめていたが、

「要。此処へ来て、手つだえ」

「はっ」

すると小兵衛が、

「おはるは、向うへ行っていなさい」

「はい」

青ざめていたおはるは、三島の妻女がいる奥の間へ去った。

「宗哲先生。いかがなもので？」

「さて……あぶないのう」

「やはり……」

「血が出すぎたわえ」

山崎勘之介の唸り声は、絶えていた。だが、彼の心臓はうごいている。弱ってはい

るが、うごいていた。

「この人は、若い所為《せい》もあろうが、丈夫な躰をしているのう」

宗哲が縫合の手をやめずに、つぶやいた。

二

四谷《よつや》の弥七《やしち》と仙台堀《せんだいぼり》の政吉《まさきち》が、連れ立って、小兵衛の隠宅へあらわれたのは、つぎの日の昼すぎであった。

この日の朝まで、昨夜の事件に関《かか》わっていた小兵衛は、食事もせず、すぐさま寝床へもぐり込んでいたのを、おはるに起こされ、

「まさか、また、何かあったのではないだろうな？」

「そんなふうには見えませんよ」

「よし。そろそろ、起きてもいいころか？」

「私なんか、朝、此処《ここ》へ帰って来てから、少しも眠っていませんよう」

「そうか、若いのう」

小兵衛は、ぶつぶついいながら、起きあがって洗面をすませ、居間へ出て来た。

晴れわたった日だが、冷気はいよいよきびしくなっている。

小兵衛を見て、弥七と政吉はかたちをあらためた。

仙台堀の政吉は、滝久蔵《たきゅうぞう》の近況について、報告に来たのであった。

「一昨日、ちょいと、陽岳寺《ようがくじ》へ寄ってみましたら、和尚《おしょう》さんが……」

陽岳寺の和尚によると、滝久蔵が、ちかごろ、外へ出て行くのは、何処かへ仕官の口でもあったらしく、手みやげの品を持ち、姿もあらため、

「少し、私にも運が向いてきたようです」

うれしそうに、和尚へ洩《も》らしたという。

「あの、滝久蔵という人には、別だん、怪しむようなところはございませんよ」

「そうか、それならよいのだが……」

「ですが、豊次郎《とよじろう》は、ずっと陽岳寺から目をはなさないようにしてあります」

と、弥七。

「そうしてもらうとありがたい。だが、滝の仕官が決まったようなら、もう引き上げてもよいだろう」

豊次郎は三日前に、陽岳寺から出て来た滝久蔵の尾行に成功した。

それによると、深川から本郷へ出た滝久蔵は、神田《かんだ》明神社・門前の茶屋〔翁屋《おきなや》〕で、

立派な身なりの侍と待ち合わせ、共に、湯島天神社の西側にある幕府の組屋敷へ入って行ったというのだ。

「そこは、御公儀《ごこうぎ》の御徒士《おかち》の組屋敷なんでございます」

「ほう」

幕府の御徒士といえば、将軍の警備にあたる兵士のことだ。これは、二十八人ずつ一組となって、二十組の編成になっている。その御徒士の頭《かしら》も組屋敷内の長屋に住んでいるはずだ。そうなると、滝久蔵は、だれかの口ききか、手引きによって幕府に仕えることになるのか……。

「さあて、わからぬなあ」

そんな手引きがあるとはおもえぬが、いまの滝久蔵は五十に近い年齢になっているはずだし、人柄《ひとがら》も環境もちがって来ている。小兵衛には、わからぬことが多い久蔵なのである。

豊次郎は、さすがに、二人が組屋敷内の、何処の長屋へ入って行ったのか、突きとめるわけにはいかない。そこで、門の外で待っていると、半刻《はんとき》（一時間）ほどして、二人が出て来た。

豊次郎は、とっさに滝久蔵の連れの侍を尾行することにした。

この侍は、滝久蔵と別れ、町駕籠《まちかご》を拾って湯島の切通しを東へ下り、下谷《したや》・御徒町《おかちまち》の、一角にある武家屋敷へ入って行った。

この屋敷は、六百石の旗本・諏訪伝十郎《すわでんじゆうろう》のものであることを、豊次郎が突きとめるのに、わけはなかった。

「ふうむ……」

滝久蔵は、その諏訪某《なにがし》と、どのような関係があるのか、それもわからぬし、豊次郎が尾行した侍は、果して諏訪伝十郎その人なのかどうか、よくわからぬが、

「供は連れておりませんでしたが、なかなか立派な侍でございましたから、おそらく、諏訪様ではございませんか」

豊次郎は確信ありげに、そういったという。

(久蔵も、苦労をしているらしい)

いまは、万事が金の世の中である。

くわしくは知らぬが、そうして、諸方をまわり、一種の猟官運動をしている滝久蔵にとって、相当の金が要ることはいうまでもない。

そのとき小兵衛は、金貸しの平松多四郎が、陽岳寺から出て来たという弥七の報告をおもい出した。滝久蔵は、平松を門外まで送って出て、丁重に頭を下げていたとい

う。

（待てよ……）

もしやして、金が必要になった久蔵が、平松老人から、

（金を借りたのではあるまいか？）

小兵衛は何か不安なおもいにとらわれた。理由はない。滝久蔵と平松多四郎とでは、どう見ても、

（合わぬ……）

からであった。

（もし、そうだとしたら、久蔵は、金を返すあてがあるのだろうか？）

いまは、縁が切れてしまったけれど、むかしの門人だっただけに、滝久蔵のことは、やはり、気にかかる。これまでに何度も書きのべておいたが、秋山小兵衛は、むかしの門人のことを忘れないのだ。

しかし、滝久蔵の場合は、

（久蔵が、わしを捨てて行ったのだから、いまさら、わしが、よけいなことをせぬほうがよい）

のである。

そこまで考えがおよんだとき、小兵衛の肚《はら》は決まった。

「弥七。陽岳寺のほうは、もう、見張らずともよい」

「はい。大《おお》先生。今朝は、お顔の色が、どうも……」

「よくないか、そうだろう。この年齢《とし》になると、夜、眠れないのは、もっともこたえる」

「何かあったのでございますか？」

「うむ。お前にならはなしてもよいだろう」

小兵衛は、昨夜の一件を語って、

「それにしても、山崎勘之介《かんのすけ》は、何で、あの辺りにあらわれたのだろう？」

勘之介は、まだ、三島房五郎宅にいて、小川宗哲の手当てを受けてい、医生の佐久《さく》間要《まかなめ》がつきそっている。

傷は太股《ふともも》の槍傷《やりきず》が、もっとも重く、出血もひどい。

しかし、小兵衛が血止めをしておいたのと、勘之介の体力もあり、いまは重態といってよいが、

「今日いちにちが勝負じゃ」

宗哲は、そういっていた。

小兵衛も、これから様子を見に行くつもりでいた。

「ちょいと、探りを入れてみましょうか?」

「いや、待て。あの男には、いろいろと事情もあろう。わしが出ることはないだろうよ」

「さようでございますか?」

「うむ、うむ。いまのところは、かまわずにいてよい」

小兵衛は手を打って、おはるをよび、

「弥七と政吉さんにも膳《ぜん》を出しておくれ。一緒に朝餉《あさげ》をやるからな」

と、いった。

三

山崎勘之介《かんのすけ》は、意識を取りもどしていた。

秋山小兵衛を見ると、

「あっ……」

おどろいたが、昨夜の事は、まったくおぼえていないらしい。

「あ、あの……」

それでも勘之介は、何かいおうとしたが、小兵衛は押しとどめた。

佐久間《さくま》医生も、

「宗哲《そうてつ》先生から、口をきかせてはならぬと、いわれております」

と、いう。

「佐久間さん」

「はっ」

「わしは、また夕方に来てみますから、たのみましたよ」

「はいっ」

小兵衛は、三島房五郎の妻女へ、用意の菓子箱と金包みをわたし、山崎勘之介のことをたのみ、それから外へ出て小川宗哲宅へ立ち寄ったが、宗哲は何処かへ往診に行っていて、留守であった。

そこで、小兵衛は山之宿《やまのしゆく》の〔駕籠駒《かごこま》〕へ行き、いつもの千造《せんぞう》と留七《とめしち》の担《かつ》ぐ駕籠へ乗って、

「本郷の春木町《はるきちよう》まで行ってくれ」

と、命じた。

隠宅へ帰るつもりであったが、気が変ったのだ。

小兵衛は途中で、菓子箱の用意をして、またも、平松多四郎の宅へおもむいたのである。

多四郎は、在宅していた。

小兵衛は、単刀直入に、

「あなたは、深川の陽岳寺にいる、滝久蔵という者を御存知かな?」

訊《き》くと、多四郎が、

「どうして、それを?」

「滝久蔵は、あなたに金を借りたのではあるまいか?」

「はい。たしかに、二十両ほど……」

「やはり、さようか」

「なかなかに、片がつきませぬ。あの人は、小狡《こずる》いところがあって、口先ひとつで、いい逃れをいたします」

「ほう」

小兵衛は、そのとき、滝久蔵が借りた二十両を自分が代りにはらってもよいと考えたが、久蔵も五十に近い男になっているのだから、そこまでしてやるのはよけいなことだとおもい直した。もっとも、その二十両には利息がついているから、ちょっと見当がつかない。

「いや、つかぬことを、お尋ねし、ごぶれいをいたした」

「いやなに。あの人と秋山先生とは、どのような？」

「むかし、あの男の、死んだ父親を知っておりましてな」

「ですが……」

「いや、何も関わり合いのないことですよ」

「秋山先生。ときに……」

「はい？」

「もしやして、何か、お困りのことでもあるのではございませんか？」

つづけて二度も来訪した秋山小兵衛を、平松多四郎は、やはり、

(金を借りに来た……)

そうおもっているらしい。

「いや、秋山先生のように、こちらから金を用立てて差しあげたいお人は遠慮なさるし、貸したくない人にかぎって借りに来るものでございますよ」

「ははあ」

「なれど、滝さんも間もなく、元利共に片をつけてくれることになっています」

小兵衛が何故、滝久蔵の借金について知っているのか、平松多四郎は深く問わなかった。おそらく、滝の口から小兵衛の耳へ入ったものと感じたらしい。

「では、これにて」

「あ、もう、お帰りで」

「はい。これから他所《ほか》へまわるところもありますので」

「それは、何のおかまいもいたさず……」

「御子息は、今日もお留守ですかな？」

「相変らずの悪所通《あくしょがよ》いで、困っております」

多四郎は、舌打ちをした。

「ま、あまり気になさらぬことじゃ。若いうちの悪所通いは、一時のことで、間もなく熄《や》みましょうよ」

「さようですかな」

「そうですとも。秋山小兵衛が、うけ合ってもよろしい」

やはり、滝久蔵は、平松多四郎から金を借りていた。

それはわかったが、自分が何をしたらよいのか、小兵衛にはわからなかった。

何となく、気がぬけたかたちで、小兵衛は待たせておいた駕籠に乗り、本所へ引き返した。

石原町の三島房五郎宅の手前で駕籠から出た秋山小兵衛は、心付けを駕籠舁《か》きへわたして、

「これで帰っていいよ」

声をかけて、ひょいと三島宅を見た。

三島房五郎は下級の御家人だから、門がまえも小さな木戸門であるが、その木戸門の前に立っていた三十前後の浪人が、しきりに門の内を窺《うかが》っているのに気づいた。

その浪人は、小兵衛を見るや、編笠《あみがさ》の縁へ手をやり、深くかぶり直し、あわてて門からはなれた。

瞬間、

(こやつ。昨夜の曲者《くせもの》ではないのか？)

と、小兵衛は直感した。

彼らが、どうして、山崎勘之介が三島宅へ運ばれたことを知ったのか、それはわからぬが、あれから、曲者どものうち一人か二人が残っていて、始終を見とどけたのやも知れなかった。

「おい」

声をかけると、浪人は、突き飛ばされたように、道の向う側の外手町《そとで》の細道へ駆け去った。

三島宅では、ちょうど、小川宗哲が来ていて、佐久間要に手つだわせて、山崎勘之介の手当をおこなっているところであった。

「お、小兵衛さん」

「様子は、いかがでしょうかな?」

「まだ何ともいえぬが、この人には、薬がよく効く」

「ほう」

「大丈夫、持ち直すような気がするけれど、まだ、何ともいえぬな」

意識がもどった勘之介は、宗哲から、すべてを耳にしたらしく、小兵衛を見ると、

「秋山先生……」

「口をきかれてはならぬ」

「は……」

「ただ一つ、尋《き》いておきたいが、昨夜のことについて、心あたりはあるのかな?」

勘之介は、はっきりと、うなずいて見せた。

「小兵衛さん。いまのところは大丈夫じゃよ」

「さようで」

「何かあったら、隠宅へ要を走らせる。わしも今夜は、つきそっているつもりじゃ」

宗哲がそういってくれたので、小兵衛は隠宅へ帰ることにした。

外へ出ると、もう、とっぷりと暮れかかっていた。

三島房五郎が、門まで追って来て、

「秋山さん。これを、お持ちなされ」

提灯《ちょうちん》を、わたしてくれた。

「三島さん。とんだ御迷惑をかけてしまいましたな」

「なあに、御心配なく」

「よろしく、おたのみいたす」

三島家の前から、小兵衛は、大川沿いの道へ出た。

(はて、どうしたらよかろう?)

曲者どもは、山崎勘之介が三島家で治療を受けていることを突きとめているとすれば、黙ってはいまい。

もしも彼らが斬《き》り込んで来るようなことがあったら、三島家の人びとに迷惑がおよぶばかりか、小川宗哲も佐久間要の身も危険である。

といって、先刻、門の内を窺っていた浪人のことを告げることも、はばかられる。

いや、告げておいたほうがよいのやも知れない。小兵衛は迷った。

(あの浪人を逃がすのではなかった。つかまえて泥《どろ》を吐かせるのだった。逃げ足の早いやつだったから、つかまえるのはむずかしかったろうが……)

こうなると、秋山小兵衛ひとりではどうにもならぬ。

そのとき、ひたひたと背後から近づいて来る足音を、小兵衛は聞いた。

(わしの後を、尾《つ》けて来たのか?)

このことであった。

振り向きかけた小兵衛に、

「もし……」

背後から、声がかかった。

今日の小兵衛は、藤原国助《ふじわらくにすけ》の大刀を帯している。その大刀の鯉口《こいぐち》へ左手の指を当てつつ、振り向くと、後から尾けて来た侍もぴたりと足を停《と》め、凝《じっ》と、こちらを見ている。

「何用でござる?」

侍は、こたえなかった。

羽織・袴《はかま》をつけた立派な姿をした侍が提灯を下げて立っている。覆面で顔をかくしていた。

小兵衛が、一歩、前へすすむと、侍は一歩、退《しさ》った。

侍の躰《からだ》から、凄《すさ》まじい殺気がふき出したのは、このときである。

「秋山小兵衛と知ってのことか?」

「…………」

「この場で、斬り合うおつもりかな?」

昨夜、山崎勘之介が曲者どもに襲われた空地は、すぐ其処《そこ》であった。

侍は、無言で、後へ少しずつ退って行く。小兵衛は、あえて追わず、立ちつくしたままだ。

「むう……」

微《かす》かに、侍の唸《うな》り声が聞こえた。

「お待ちなされ」

「…………」

こたえぬまま、尚《なお》も侍は後退する。その姿から殺気が消えた。消えたかと見る間に、くるりと身をひるがえし、侍は逃げるように立ち去って行った。

(はて、何者であろう?)

小兵衛にも、わからなかった。

(さて、これから、わしは何をしたらよいのか。こうなっては、捨ててもおけぬし……)

闇《やみ》の中に、遠ざかって行く侍の提灯が見えたが、そのうちに、ふいと消えた。横道へ入ったらしい。

秋山小兵衛は、道に立ちつくしたまま、凝と何やら考えていたが、やがて歩み出した。鐘《かね》ケ淵《ふち》の隠宅へ向っているのではない。いま、出て来たばかりの三島房五郎宅へ引返したのである。

四

もどって来た秋山小兵衛を見て、一同、おどろいたようだが、小兵衛は小川宗哲のみを別間へよび、すべてを語った。

「もしも、あの連中だとしたら、夜更《よふ》けに、此処《ここ》へ押し入って来るやも知れぬとおもい、もどってまいったのです」

宗哲の顔色が少し変った。

「それで？」

「私は今夜、此処へ泊ります。宗哲先生は、お宅へお帰り下さい」

山崎勘之介《かんのすけ》は、よく眠っているようであった。

「宗哲先生。佐久間要《さくまかなめ》さんを、ちょっと借りてもよろしゅうござるか？」

「あ、何なりと、いいつけて下され」

「では」

小兵衛は、おはるへあてて短い手紙を書いた。

今夜は、戸締りをよくして眠ること。自分は帰れないこと。そして、明朝、四谷《よつや》の弥七《やしち》へ連絡《つなぎ》をつけることなどをたのんだのである。

まさかに、曲者どもが、今夜のうちに隠宅を襲うとは考えられない。小兵衛は佐久間要に、

「くれぐれも、後を尾《つ》けられぬように……」

念を入れた。

要は、三島家の裏口から、そっと出て行った。

要が、もどって来たのは五ツ半(午後九時)であったが、どうやら、尾行する者はいなかったらしい。

おはるは、要に、

「慣れているから心配をしないように、うちの人につたえて下さい」

と、いったそうな。

もしも、怪しい者が隠宅の中へ入って来たときは、

「このようにして、逃げるがよい」

かねてから、小兵衛は、おはるに教えておいてある。

おはるは、明朝、木母寺《もくぼじ》の茶店を通じて、弥七へ使いを走らせるであろう。こうなると、人手が足りぬ。弥七でなくとも、傘屋《かさや》の徳次郎でもよい。だれかが、小兵衛の傍《そば》にいてくれぬと、いざというときに、どうにもならぬ。

(明日の昼すぎには、弥七が来てくれるであろう)

小兵衛は、宗哲を家に帰し、山崎勘之介の枕元《まくらもと》へ坐《すわ》り込んだ。

三島房五郎が入って来て、

「秋山さん。空腹ではありませんか?」

ささやいた。

そして、妻女に命じ、茶漬《ちゃづ》けの仕度をしてくれたのである。

「これはどうも、おそれいりました。御迷惑をかけますなあ」

「いや何。さ、御遠慮なく、こちらへ」

「はい、はい」

小兵衛は、夕飯を口にしていなかった。

奥の間へ行って、馳走《ちそう》になることにした。

あたたかい飯に味噌汁《みそしる》。魚の干物《ひもの》だけであったが、小兵衛は飯を二杯、食べた。おはるがもし、これを知っていたなら、弁当を佐久間要に持たせてよこしたろう。

「御馳走になりました。すっかり御迷惑をかけてしまいましたな」

坐《すわ》り直して、妻女に礼をいうと、

「何の。たまさかには、こういうことも、おもしろうございますよ」

妻女は、にっこり笑って、そういった。

「おもしろい……？」

「毎日、つまらないおもいをしておりますから……」

なるほど御役にもつけぬ、博奕《ばくち》と酒が大好きな御家人《ごけにん》の貧乏暮しに、おもしろいことなどあるはずがない。

今度の事件で、三島の妻女は少し昂奮《こうふん》をしているようであった。

小兵衛の食事の給仕をする、妻女八重《やえ》は、何か生き生きとして、顔に血がのぼっている。

翌朝、というよりも、昼近くなってから、おはるが、神谷新左衛門《かみやしんざえもん》を案内してあらわれた。

「これは、これは……」

出迎えた小兵衛が、山崎勘之介について語ると、

「いや、少々、耳に入ったことがあったのでやって来た。さよう、町駕籠《まちかご》に乗ってな。隠居の身になると、何も彼も自由自在になる」

「ま、そこまで」

小兵衛は、神谷をさそって、外へ出て行った。

両国橋の東詰《ひがしづめ》に、元禄《げんろく》のむかしからつづいている蕎麦屋《そばや》〔原治《はらじ》〕という老舗《しにせ》がある。

これへ神谷を案内し、入れ込みの奥の小座敷へ入ると、神谷は物めずらしげに、辺りを見まわし、

「よいなあ、こういうところは……」

「先《ま》ず、酒を」

「酒ものめるのか？」

「蕎麦でも酒でも、何でもある」

「ほう」

神谷新左衛門がいうには、大身《たいしん》旗本の生駒筑後守《いこまちくごのかみ》は若いころに、巣鴨《すがも》の佐々木勇造の許《もと》で、剣術の修行をしたらしい。

「ふむ、ふむ」

それと聞いて、おもわず、小兵衛は膝《ひざ》を乗り出した。

「そのころ、心をゆるした同門の剣友があったそうな。それが死んだので、いまは、その息子に肩入れをしているということを聞いた」

「その名は？」

「そこまでは、まだ、わからぬ」

「もしやして、山崎勘之介《かんのすけ》ではないのか？」

「わからぬ。ともかくも、何かにつけて庇護《ひご》し、面倒をみてやっているそうな」

「ははあ……」

「その息子も佐々木勇造について、修行をしたそうじゃ」

「そうか」

秋山小兵衛は、その男が、山崎勘之介であることを直感した。

「それでな、佐々木勇造が死んだときに、ちょいと、道場にもめ事があって、その息子が同門の男を二人ほど斬《き》って捨てたらしい。そのことによって、恨みを受け、いまは身を隠しているそうじゃ」

「なるほど、それで、少しはのみ込めてきたようだ」

「何のことじゃ？」

「おぬしの耳へ入れるまでもないが、そこまで調べてくれたのだから……」

小兵衛が、山崎勘之介について、事細かに語ると、神谷新左衛門は昂奮して、

「秋山。世の中には、こうしたこともあるのだなあ。その男の父を斬って捨てたおぬしが、今度は息子の危急を救ったことになる。わしにも何かやらせてくれ。毎日、退屈で仕様がないのじゃ」

「いずれ、相談に乗ってもらうことが起るやも知れぬ」

「そのときは、遠慮なしにいってくれ。何でもやるぞ」

「さ、柚子切《ゆずきり》蕎麦が来た。箸《はし》をつけてくれ」

「うむ、や、これは……」

蕎麦をすすり込んで、神谷が、

「久しぶりに、こんな旨《うま》い蕎麦を口にしたぞ。うむ、これは旨い」

「こんなものなら、いくらでも、この辺りにある。今度は軍鶏鍋屋《しゃもなべや》へ連れて行こう、どうだ？」

「行く、行くとも」

そこへ、三島宅へ残して来たおはるが顔を見せた。

「先生。四谷の弥七さんが見えましたけれど……」

「こっちへ通せ」

「いいのですか？」

「はなしはすんだ。いいから通せ」

## 五

冬の足音が近寄って来た。

山崎勘之介《かんのすけ》の傷は、小川宗哲《そうてつ》の治療によって、

「もはや、何処へ身を移しても大丈夫じゃ」

ということになった。

秋山小兵衛は、即座に、

「では、私の隠宅へ移しましょう」

と、いった。

あれから、曲者《くせもの》どもの動きは熄《や》んでいる。

しかし、

(このままでは、すむまい)

小兵衛は、どこまでも、勘之介の身を守る決意をしていた。そこには、勘之介の父・山崎勘介《かんすけ》を斬《き》ったことが、大きく作用している。

そのことを、勘之介は、剣客《けんかく》の心得として忘れていてくれるようだが、それだけに尚《なお》、

(見捨ててはおけぬ)

小兵衛であった。

勘之介は、

「私の不覚から、とんだ御迷惑を、おかけしてしまいました。もはや手も足も動きます。深川へ帰していただきたい」

しきりに、そういったが、まだ、あぶない。

い、おはるを実家へ帰し、小兵衛は、勘之介を鐘《かね》ケ淵《ふち》の隠宅へ移した。そして昼夜、油断なく、勘之介につきそった。

小川宗哲は日に一度、必ずやって来て勘之介の治療をしてくれたし、四谷《よつや》の弥七《やしち》は、傘屋の徳次郎を常時、隠宅へ詰めさせ、自分も、できる限り、足を運んで来る。

それでも、小兵衛の不安は解けなかった。そこで、杉原秀《すぎはらひで》にたのみ、来てもらうことにした。お秀には、山崎父子《おやこ》と自分との事情をあますところなく、小兵衛は語った。

自分も、亡父と共に、敵持《かたきも》ちの身であっただけに、お秀は、このはなしに感動し、

「勘之介殿は、まことに見あげたものでございますな」

「少しも、わしを怨《うら》んではおらぬ。世の中も大分に変って来たが、なかなか、あのように踏ん切りはつかぬものじゃ」

お秀が懐妊していることを、又六の老母も気づいたらしく、又六にともなわれ、隠宅へあらわれた母親は、

「どうじゃ。これも何かの縁《えにし》とおもい、又六と夫婦にさせてやれ。わしが仲人《なこうど》をしよう。どうじゃ？」

小兵衛にいわれて、承知をした。

山崎勘之介も、こうなっては黙っているわけにはいかなかった。

あの夜、勘之介を襲った曲者どもの中には、もと佐々木勇造の道場にいた者が二人ほどまじっていたらしい。

「佐々木先生が亡《な》き後に、門人の間で、もめ事がありました」

つまり、道場の後継者をだれにするか、ということだ。勇造は、かねがね、

「おれの後を継いで、こんな、小さな道場をつづけることはない」

そういっていたので、山崎勘之介は、もとより、身を引くつもりであった。

ところが、門人の中には、

「この道場を相続する人は、山崎勘之介殿をおいて他《ほか》にはない」

強く主張する人びとがあり、その一方では、

「相続する人は、木下求馬《きのしたもとめ》殿に決まっている」

と、いう人びとがある。

木下求馬は、麻布《あざぶ》・永坂《ながさか》に屋敷をかまえる千二百石の旗本・木下主計《かずえ》の次男であった。

かくて、佐々木道場の門人たちは二派に分れ、何度も何度も論議が重ねられたけれども、なかなかに、解決をしない。山崎勘之介は、身を引きたくとも引けない立場に、追い込まれた。

木下求馬は、旗本の次男であるから、千二百石の自分の家の後継ぎにはなれない。後継ぎは、長男の主膳《しゅぜん》である。

だから求馬は、剣の道へ入り、何とかして、剣客として立って行くつもりだから、佐々木道場の後継者になろうという意欲が熾烈《しれつ》をきわめていた。

また、求馬の父も兄も、かねてから、佐々木道場を支援してきているし、次男の求馬が一道場の主《あるじ》となることだから、目の色を変えて、後押しをする。

ついに、

「真剣の勝負をもって、決着をつけようではないか」

木下求馬から、こういう申し出があった。

亡父を討った秋山小兵衛にさえ、怨みを抱かなかった山崎勘之介であるから、

「冗談にも程がある」

笑って、少しも、取り合おうとはしなかった。

武芸の道場には、こうした紛争がめずらしくない。勘之介派の門人たちは「おやりなさい。木下求馬なぞに亡き佐々木先生の後に坐《すわ》られては、この道場の行先がおもいやられる」というし、木下求馬派にいわせると「真剣の立合いを逃げるというのでは、剣士の資格がない」と、息まく。

山崎勘之介は、いったん身を隠したりしたが、なかなかにおさまらない。

ついに、勘之介派からも、

「卑怯《ひきょう》だ」

「真剣の立合いが怖いのか」

などという、声もきこえはじめた。

いろいろといきさつはあったが、ここにいたって、山崎勘之介も木下求馬の挑戦《ちょうせん》を受けることになってしまった。

場所は、城北の高田の馬場で、此処《ここ》なら、あまり、人目にたたぬ。いうまでもなく、高田の馬場は、かの赤穂《あこう》浪士の一人、堀部安兵衛《ほりべやすべえ》が若き日に、義理の叔父・菅野《すがの》某《なにがし》の助太刀をして、三人の敵と決闘をしたところだ。秋山小兵衛も一度、高田の馬場で決闘をしたことがあった。

こちらは、山崎勘之介ひとりで、木下求馬には、久貝甚三郎《ひさがいじんざぶろう》という同門の剣士が付きそって来た。

この勝負は、だれの耳へも洩《も》らさず、日も時も三人以外のだれも知らず、剣客の心得として、どちらが勝っても負けても、必ず、遺恨を残さぬことを、勘之介から申し入れ、求馬も承知をした。

一対二の決闘は、半刻《はんとき》におよんだそうである。

勘之介は、求馬と久貝甚三郎を斬り殪《たお》し、高田の馬場から何処かへ、姿を消してしまった。

この場合、遺恨が残った。

木下求馬の父と兄は、勘之介へ深い怨みを抱き、山崎勘之介の殺害を決意した。

以後、数年にわたって、山崎勘之介は、先夜のような襲撃を受けて来ている。その中に見おぼえのある顔もあったが、おおかたは、木下求馬の父兄が雇った浪人どものようであった。

ゆえに一年のうち、何度も住居《すまい》を替えている勘之介だが、

「どうやら、いま、住んでいる深川の釣《つり》道具屋に、やつどもは気がついたようです」

小兵衛に、そう語った。

その中にも、大身旗本・生駒筑後守《いこまちくごのかみ》信勝《のぶかつ》は、勘之介が、旧友の子息だというので、何くれとなく庇護《ひご》してくれている。年に二度、決められた日に、家来が訪ねて来て、金品を届けてくれる。

勘之介も、或《あ》る程度は、事情を生駒筑後守へ打ち明けてあるらしい。

「いっそ、わが屋敷へまいったらどうじゃ？」

とまで、筑後守はいってくれるが、さすがに勘之介も、そこまでは踏み切れぬ。

「ああ……このように、いずれも方《がた》へ御迷惑をかけるよりも、いっそ、あの夜、彼らに討たれてしまえばよかったとおもいます」

嘆息と共に、そういった勘之介へ、

「いや、そうはさせぬ」

秋山小兵衛は、きっぱりと、

「剣客として、寸分のあやまちなく、生きてまいられたそこもとの、ちからになり、はたらくことは、小兵衛の本懐でござる」

「なれど……」

「世の中には、こうした面倒な事が、よくあるものじゃ。そこがまた、おもしろくないこともない」

「さようでしょうか……」

「ま、一命にかかわることゆえ、冗談ではすまされぬが、ともかくも、傷を早く癒《いや》してしまわぬといかぬ」

小川宗哲は駕籠駒《かごこま》の駕籠に乗って来るし、そのときには、四谷の弥七か傘徳《かさとく》が見張りをしているから、曲者どもも、うっかり近づけない。

三島房五郎の住居に近づく者もいないし、鐘ケ淵のあたりにも、怪しい人影を見ない。

「ともあれ、一度、深川へ帰ります」

いい出した勘之介に、

「それは、なりませぬ。まだ、早い、早い」

いつになく、きびしい顔つきになって、小兵衛が押しとどめた。

六

なるほど、細い。

平松伊太郎《いたろう》が、秋山小兵衛に、

「色の黒い、凧《たこ》の骨のような女です」

と、告げた女、すなわち、根津《ねづ》の岡場所〔越後屋《えちごや》〕のお篠《しの》は、湯文字《ゆもじ》一枚を腰に巻きつけただけの躰《からだ》を、蒲団《ふとん》の上へ放恣《ほうし》に投げ出し、

「伊太さぁん。今日は、どうだったえ?」

息も荒らげずにいう。

「いや、もう……お前と、こんなことを毎日していたら、おれは寿命をちぢめるばかりだよ」

お篠の傍《そば》へ、ぐったりと躰を投げ出した平松伊太郎が、汗びっしょりとなり、

「天性だなあ」

つくづくと、いう。

「何だえ？　そのてんせいというのは」

「お前の躰のことだ。時々、お前を抱いていて、おれは恐ろしくなる。今日も、そうだ」

「変なことを、おいいでないよ。何で、私が恐ろしいのさ？」

「いや、お前が恐ろしいのじゃない。お前の躰が恐ろしい」

「つまらないことをいうのじゃない。それよりも、もっと、ね……」

お篠が細い躰を伊太郎へ、からみつかせてきた。

肌《はだ》は、牛蒡女《ごぼうおんな》と異名をとっただけに黒い。黒いが牛蒡ほどではない。茶褐色《ちゃかっしょく》の、まるで骨がないようにやわらかい肌身であった。いったん、男が、この肌身の虜《とりこ》になったら、もう足も手も抜けなくなってしまうことは、だれよりも一番、伊太郎がよくわきまえていることであった。

「ねえ。ねえったら……」

「あ、もうだめだ。よせ、よせよ、おい」

「いや。よさない」

「これではもう……」

と、伊太郎が泣き声をあげて、

「切りがないよ、お篠」

「切りがなくてもいいじゃあないか」

「でも、金のほうには、切りがある。そうだ、こうしてはいられぬ」

伊太郎が半身を起こし、

「今日は、親父《おやじ》どののいいつけで、深川へまわらなくてはならぬ」

「また、借金の取り立てかえ?」

「うむ。こいつ、なかなか、約束をまもらぬやつでな」

「そんなの、放《ほう》っておきよ」

「あっ、よせ。そんなことをしたら……もう、やめてくれ。たのむ。たのむ」

お篠は美女でもない。鼻も低いし、乳房のふくらみも貧弱で、太股《ふともも》のあたりの肉《しし》おきも殺《そ》げている。

はじめてのときは、いかに、いかいかもの食いを自認している伊太郎も、

（こいつは、どうも……）

顔をしかめたものだが、いざとなってみると、

（なるほど、これは……）

目を見張るおもいをした。

瘦《や》せた躰を自由自在に、ねばりつくようにからませてきて、変転自在に伊太郎をあやなす手ぎわに、ただ、おどろくばかりであった。

「いったん、お前の躰を知った男は、もう、離れられなくなるだろう」

「いままでに、五人も六人も死んだよ」

「へえっ。ほ、ほんとうか？」

「遊びの金に詰まり、自害をしてしまった。そこへ行くと、お前さんは安心だ。何しろ、金貸しの親父がついているのだからねえ」

「じょ、冗談をいうな」

何だか伊太郎、不気味になってきた。

お篠は、部厚い唇《くちびる》を舌でなめながら、

「いいじゃあないか。こんなに、いいおもいをさせてあげたのだから、いつ死んでも、

いいはずだ。そうだろう、伊太さん」

「ふうむ……」

ちょっと考えてから伊太郎が、

「そういわれれば、そうかも知れない」

「そうと決まったら、さ、男らしく、こっちへおいでなね」

だが伊太郎は、おもいきって立ちあがり、衣服を身につけはじめた。

「やっぱり、帰るのかえ?」

「今日だけは、かんべんしてくれ。そのかわり、明日……いや、明後日は必ず来るよ」

「ほんとかねえ」

「ほんとうだとも、約束する」

「よし、それなら……」

立ちあがって来たお篠が、半裸の乳房を押しつけるようにして、

「きっとだよ」

「ああ、きっと来る。お前には、かなわないからなあ」

「よし、よし。じゃあ、今日のところは、かんべんしてあげる」

いうや、顔を近寄せ、伊太郎の唇を強く吸った。

「あっ、痛い。よさぬか」

「さ、早く行って、お父《と》っつぁんに孝行おしな」

ふらふらと、足許《あしもと》もたよりなげに越後屋を出た平松伊太郎が、

「ああ、これから先、どうなって行くのだろうなあ」

何やら心細げに、つぶやいて、深川の陽岳寺《ようがくじ》へ向った。

この日、滝久蔵《たききゅうぞう》は陽岳寺にいたが、借金は返さなかった。

平松伊太郎が、本郷の家へ帰ったときは、もう、夜になっていた。

「子供の使いではあるまいし、何度、足を運ばせるつもりじゃ」

「父上。私も、そうおもいますが、滝殿がいうには、今年一杯はどうにもならぬそうです」

滝久蔵が、平松多四郎から借りた金は二十両だが、返済が長引いているため、いまは、元利合わせて、三十両を越えてしまっている。

「ですが父上。今月の末には、半金ほど返すと申していました」

「あいつのいうことは、信用ができぬ」

「ですが、せっかく、当人が、そう申しているのですから、そのときは父上が、お出

向きになるとよいとおもいます」

「今月の？」

「月末です。晦日《みそか》です」

「よし、わかった。今日は二十日《はつか》だな」

「は……」

「なれど、ばかに、帰りが遅かったではないか」

「はい。ちょいと手間どりました」

「お前、まだ、悪い女に引っかかっておるのか？」

「いえ、ちがいます」

きっぱりと、伊太郎はこたえ、女中のお元《もと》が仕度してくれた膳《ぜん》へ向った。

箸《はし》を手にした伊太郎は、飯と汁を相手に、ひとしきり、夢中となっていたが、ふと、何やらおもいついたかして、

「あ、滝久蔵殿は、近いうちに、幕府《こうぎ》の御徒士《おかち》に取り立てられ、本郷の、ほれ、この近くの組屋敷へ移るそうです。御存知ですか、父上」

「いや、初耳じゃ」

平松多四郎が、おどろいたように、

「それは、まことのことか？」

「嘘《うそ》は申しますまい」

「あやつがのう、よくも、この時節に、そのようなことができたものじゃ」

「だいぶ、金をつかったようです」

「そうだろう。ふむ。そうだろう」

「なんでも、徒士組のどこかへ養子に入るとか、そのように申していました」

「五十になろうという男がか？」

「はい。滝殿は、あのように見えても、なかなかに顔がひろいところがあるようですね」

「そうかのう。わしは、そうおもわぬが……」

平松多四郎は、意外そうに、煙草《たばこ》を煙管《きせる》に詰めながら、

「あんなやつでも、目にかけてくれる人《じん》がいたとは、な」

「ですが、父上」

「何じゃ？」

「滝殿は、むかし、父御《ててご》の敵を討ったほどの、お人ですよ」

「それは、わしも聞いた。聞いたが、あの男のいうことゆえ、わしは信用していな

い」

「父上は、何事も信用なさらぬ」

「ああ、そうじゃ。わが子のいうことも、な」

「それは、あまりに……」

「これ、伊太郎」

「何か？」

「顔を洗ってこい」

「は？」

「お前の頰《ほお》に、怪しげな女の、白粉《おしろい》がこびりついておる」

「あ……」

「ばかもの。いま、気がついたか」

「こ、これは、あの……」

「何じゃ？」

「父上。冷えてまいりましたなあ」

## 七

八畳の部屋に、煎《せん》じた薬湯の強い匂《にお》いがこもっていた。

「う、う……」

六十前後に見える病人は、仰向《あおむ》けに寝て、絶えず、低い呻《うめ》き声を洩《も》らしている。

だれかが、長四畳の次の間に入って来て、襖《ふすま》を少し開け、

「父上……父上」

声をかけた。

「う……」

「入りまして、よろしゅうございましょうか？」

「入れ」

「はい。では……」

「主膳《しゅぜん》」

と、病人がよんだ。

病人は、千二百石の旗本で、この屋敷の主《あるじ》・木下主計《かずえ》で、病間へ入って来た侍は、

長男の主膳である。

「主膳。まだ、わからぬのか？」

「はい。手をつくしておりますが……」

「その、手傷を負った山崎勘之介《かんのすけ》が、運び込まれたという御家人《ごけにん》の家を見張っていれば、わかるはずではないか」

「父上には、まだ申しあげませんでしたが、山崎は、あの家から他《ほか》の場所へ移されたようにおもえます」

「それなのに、どうしてわからぬのじゃ」

「いつの間にやら……」

「ばかな。何をしておったのじゃ」

「あの御家人は、三島某《なにがし》と申すのですが、何しろ、三島宅には、どこやらの御用聞きの目が光っておりまして、うっかりと手を出せませぬ」

「何、御用聞きじゃと？　すると、奉行所が目をつけているとでも申すのか？」

「もし、そうだとすれば、父上の御名にもかかわります」

「ふうむ……」

「もう少し、いま少し、お待ち下され」

木下主計が舌打ちをして、

「ああ、先夜こそ、亡《な》き求馬《もとめ》の敵《かたき》を討つことができたものを……」

「残念でございます。あの得体の知れぬ老人が邪魔をしなければ、必ず、討てましたものを……」

「何処の老人じゃ？」

「それが、まだ、わかりませぬので」

木下主計が、枕元《まくらもと》にあった薬湯の碗《わん》を投げつけた。

「ち、父上……」

「お前は、わしとちがう」

「は……？」

「求馬を殺した山崎を恨む心が薄い」

「そのようなことはありませぬ」

「いや違う。可愛《かわい》い息子を殺された、わしの身にもなってみよ」

「よく、わかっております。なればこそ……」

「いや、わからぬ。わかっていると申すなら、一時も早く、山崎の首を、首を……」

いいさして、主計が急に咳込《せきこ》んだ。

主膳があわてて、薬湯を替え、父にのませながら、

「父上。いま、先日、おはなしをした伊丹又十郎《いたみまたじゆうろう》という浪人が、諸方を探っております。間もなく、すべてがわかりましょう」

「小川宗哲《そうてつ》という医師からも、目をはなすな、よいか」

「はい」

「その伊丹又十郎と申す者、腕はたしかなのか?」

「伊丹なれば、たとえ、件《くだん》の老人があらわれましょうとも、負《ひ》けは取りますまい」

「金を惜しむなよ」

「は……」

「その伊丹又十郎を、一度、此処《ここ》へ連れてまいれ。面《つら》が見たい」

「は。承知いたしました」

「先夜、山崎を刺したという、あの浪人は、まだ雇っているのか?」

「はい。牛窪《うしくぼ》の槍《やり》と伊丹の剣がそろえば、今度こそ、きっと山崎勘之介の首を……」

「よし。抜かるなよ」

「はい。大丈夫でございます」

「ごめん下され」

廊下で、家来の声がした。

「わしか？」

「はい。ちょっと……」

「よし」

廊下へ出て行った主膳は、すぐにもどって来た。

「父上。よい知らせでございますぞ。いま、伊丹又十郎から知らせがまいりまして、件の老人の居所《いどころ》を突きとめた、と申してまいりました」

「まことか？」

「かの老人は、秋山小兵衛と申し、鐘《かね》ケ淵《ふち》のあたりに住み暮しているそうでございます」

「さようか」

木下主計は、たまりかねて、半身を起こした。

「事を急ぐなよ。先《ま》ず、山崎勘之介《かんのすけ》の居所を突きとめねばならぬ」

「もしやして、老人の家に、かくまわれているやも知れませぬ」

「そう、そうじゃな、そうじゃな」

「父上。起きてはいけませぬ。先ず、躰《からだ》を……」

主膳が介添し、父の主計を病床へ横たえた。

ちょうど、そのころ、鐘ケ淵の隠宅では、いつものように秋山小兵衛は居間の次の間の炬燵《こたつ》にもぐり込んでいた。

居間には、山崎勘之介が寝ている。

おはるは、関屋村《せきやむら》の実家へもどっていて、三日に一度ほどやって来て、すぐに帰る。

このとき、杉原秀《ひで》は、居間に面した縁側へ出ていた。

其処《そこ》で、手足の爪《つめ》を切っていたのである。

（おや……？）

そのとき、霧のような雨がけむりはじめた。

八ツ半（午後三時）ごろであったろう。

爪を切っていた杉原秀が、ものの気配を感じて、彼方《かなた》を見やって、瞬間、

（怪しい……）

と、直感した。

庭の一隅《いちぐう》、そこから、堤への道がのぼっているあたりの木蔭《こかげ》に、ひっそりと、たたずんでいる者があった。袴《はかま》・羽織をつけ、塗笠《ぬりがさ》をかぶっている侍である。

大きな、がっしりとした体躯《たいく》だが、身につけているものは、なかなか立派だ。

「もし……もし、そこのお方、当家に何ぞ御用でございますか？」

侍は、こたえぬ。だが、身を引こうとはせぬ。

「もし……何ぞ、御用でございますか？」

「………」

秀の声が、やや高くなったので、炬燵の中の秋山小兵衛が目をさました。

山崎勘之介は、ぐっすりと眠っている。

「いずこのお方でございますか？」

問いかけつつ、お秀の腰があがった。

「当家は、無外流《むがいりゅう》の秋山小兵衛殿のお宅か？」

笠もとらずに、侍が問い返してきた。

「先ず、そちらのお名前から、うかがいとう存じます」

塗笠の内で、侍は声もなく笑った。

そして、一歩、木蔭から出て来た。

杉原秀の右手があがった。

爪を切っていた鋏《はさみ》を侍へ投げつけたのだ。

ただの女が投げつけた鋏ではない。根岸流《ねぎしりゅう》・手裏剣の名手が投げ打った鋏だ。

風を切って空間を疾《はし》って行った鋏は、侍の胸元へ吸い込まれようとした。
これには、さすがにおどろいたらしく、少しあわてて侍は、飛び下った。
鋏は、侍の胸元をかすめ、木蔭へ飛んで行った。

## 霜《しも》夜《よ》の雨

一

杉原秀《すぎはらひで》の右手は、左の袂《たもと》へ入り、その中に入っている〔蹄《ひづめ》〕をつかんだ。

根岸流の〔蹄〕は、手裏剣ではない。

しかし、かたちはちがっても同様のはたらきをする。その名のごとく蹄のかたちをした小さな鉄片であるが、これが顔へでも命中したら、たまったものではない。

「む……」

飛び下った侍は、秀が只者《ただもの》ではないと、看《み》てとったらしい。

ひたと、秀を睨《にら》みつつ、堤への道をじりじりと後退しはじめた。

「何者じゃ？」

と、秀の口調が変った。

「名乗れ。名乗らぬか」

秀が、片膝《かたひざ》を立てた。

侍と、秀の視線が、空間にはげしく切り結んだかのような一瞬であった。

「ふ……」

微《かす》かに笑った侍が、さらに後退して行く。

そして、侍の姿は木蔭《こかげ》に隠れた。

息づまるような時がながれて、秀が腰をおろし、左の袂から右手を抜き出した。

侍が、堤の上へ去ったのを知ったからであろう。

杉原秀の背後で、音もなく障子が開いた。

「あ……先生」

「見たよ」

「はい。かなりの遣い手と看ましたが、先生、御存知の？」

「むかしな、見たことがあるような……。わしの目に狂いがなかったなら、あの男は、わしと同じ無外流《むがいりゅう》を遣う伊丹又十郎《いたみまたじゅうろう》という男じゃ。それにしても、よく此処《ここ》がわかったものよ。きゃつめが、このあたりをうろうろしているとすると、こいつ油断はならぬ」

「それは、どのような?」

「あの男は、わしを怨《うら》んでいて、執念ぶかいやつじゃ」

つぶやいて、小兵衛《こへえ》は振り向いた。

山崎勘之介《かんのすけ》は、よく眠っていて、いまの様子に少しも気づいていないようだ。

さすがの小兵衛も、このときは、伊丹又十郎が、木下父子《おやこ》に雇われていることに、おもいおよばなかった。

「秀どの。躰《からだ》をやすめるがよい」

「はい」

「中へ入って、炬燵《こたつ》へでもあたらぬか。あたたかいぞ」

「ありがとう存じます」

こたえたが、秀は昼餉《ひるげ》の仕度をするため、台所へ入った。

「秀どの」

低く呼びかけて、小兵衛が台所へ顔を見せた。

「昼は何かな?」

「饂飩《うどん》の煮込みにいたそうかとおもいますが、何か?」

「いや、こうしていると腹も空《す》かぬ。何でもよいわえ」

「ところで、いまの伊丹又十郎だが、むかし……と、いっても、わしが此処へ住居《すまい》を移す少し前のことだが、わしと立ち合って負けたのが原因《もと》で、仕官をすることができなくなってのう」

「は……」

「伊勢《いせ》の国、津の三十二万三千石、藤堂家《とうどうけ》へ召し抱えられるところであったが、取りやめになってしまった」

「ま……」

「それを、ひどく怨みにおもってな、しばらくは江戸をはなれていたようだが、よほどに修行を積んだと見え、帰って来たのであろう」

「さようでございましたか」

「そこに寝ている山崎勘之介とは、大ちがいじゃ。伊丹は、江戸を去るとき、このつぎは、真剣の勝負を、と、わしに手紙をよこした。いま、障子の透き間からちらりと見たが、あの男、何人も人を斬《き》っているような……」

「はい」

「秀どのも、そうおもうか？」

「おもいますでございます」

居間で、山崎勘之介が目ざめた気配がした。

秀と小兵衛が様子を見に顔を出し、

「どうじゃ、ぐあいは?」

「大丈夫でございます。いつまでも、こうしているわけにはまいりませぬ」

勘之介は、半身を起こし、

「所用もありますので、外へ出たいと存じます」

「早い」

「え?」

「まだ早い」

「ですが、いつまでも御迷惑をおかけしているわけにはまいりませぬ」

「此処は自分の家だとおもいなされ」

「なれど……」

「わしを、亡《な》き父上とおもえばよい。父が、わが子の身を守ることは当然の事じゃ」

「それほどまでに、私のことを……」

「当り前だ。その、わしの心を無にしては困る」

「は」

「外へ出てもよいときは、わしがいう。それまでは出てもらっては困る」

秋山小兵衛の声には、心情がこもっている。

それがわかったらしく、山崎勘之介はうつむいてしまった。

たしかに、このごろは、めきめきと勘之介は回復しているのが、杉原秀の目にも、はっきりとわかる。

「わしとても、無下《むげ》に押しとどめているのではない。さよう……あと三日もしたら、わしが付きそって、町駕籠《まちかご》で出よう。先《ま》ず何処《どこ》へ行きたいか、胸の内に決めておきなされ」

「はい。かたじけのう存じます」

「そうなれば、わしのほうも、いろいろと心づもりをしておかなくてはならぬ」

「はい」

小兵衛に父勘介《かんすけ》を討たれた勘之介は、どこまでも素直であった。

同じころ、深川の陽岳寺《ようがくじ》にいる滝久蔵《たききゆうぞう》を、平松多四郎《ひらまつたしろう》が訪れていた。

「これはよくこそ」

久蔵は何度も頭を下げ、

「まことに遅くなりまして、申しわけもありませぬ」

「今日は、元利とも、金三十二両をお返し下さると、先日、せがれが申しておりましたが……」

「先ず、これを」

滝久蔵が小判で金三両を出し、平松多四郎の前へ置いた。

多四郎は、じろりとこれを見やって、

「滝さん。あなたは何ぞ、間ちがえていなさるようだ」

「はい。実は、今日は日が悪いので、来月の一日に間ちがいなく、半金ではなく、すべて返済をいたします」

「来月の一日」

「はい」

「今日は、二十六日ですな?」

「さよう、いかにも」

「滝さんは、御公儀の御徒士《おかち》に取り立てられたと聞きましたが、まことですか?」

「まことです、まことのことです」

「いつから?」

「明後日に、御組屋敷へ入ります」

「ほう」

嘘《うそ》ならば、こうまで、きっぱりといえるものではない、と、多四郎はおもったし、それは事実であった。多四郎も手をまわし、そのことを、たしかめてある。

「ふうむ……」

本郷・春木町《はるきちょう》の組屋敷に住む徒士目付《めつけ》・小村米蔵《こむらよねぞう》という者が、約一カ月ほど前に急死をした。妻のさわと娘がひとり。跡継ぎの男子はなかった。

跡継ぎがないと、その家は取り潰《つぶ》しになってしまうので、小村方では主人の米蔵の死を届け出ず、八方、手をつくしたあげく、滝久蔵を見つけ出したのである。

これは、深川の陽岳寺の和尚《おしょう》から、滝のことを聞きおよんだからである。

ちなみにいうと、徒士目付の組頭《くみがしら》をつとめている山口宗平《やまぐちそうへい》は、さわの伯父であった。

事は、急がねばならない。

そこで、山口は滝久蔵を小村家の養子に迎えるべく、奔走を開始した。

養子といっても、未亡人のさわと結婚するわけではない。さわは滝久蔵と略《ほぼ》同じ年齢だ。そこで、いずれは、婚期の遅れた娘の峰と夫婦にすることにして、滝久蔵を承知させた。このはなしに、落ちぶれた滝が、一も二もなく飛びついたのは、むろんのことだ。

だが、これも諸方への礼をふくめて、なかなかに金がかかる。

山口宗平も出し、小村未亡人も出し、滝久蔵も十何両かの金を都合した。こういうわけで、久蔵は、なかなか平松多四郎への借金が返せなかった。いや、多四郎以外のところからも、合わせて三十両ほど借金をしていて、どうにもならなかった。

ならなかったが、何とかしなくてはならぬ。小村家へ入れば、幕府に仕えることになるのだから、久蔵も必死であった。

「よろしい。わかりました。なれど十二月一日の約束は間ちがいありませぬな?」

多四郎が念を押すと、滝久蔵は、

「はい。では、元利合わせた証文を書きあらためましょう」

と、いう。

はなしのなりゆきから、別に断わることもないとおもった平松多四郎が、

「よろしい」

久蔵が、書きあらためた証文へ捺印《なついん》してわたすのを念入りに調べて受け取った。

春木町の自宅へ帰って来た多四郎が、きげんよく、

「伊太郎《いたろう》。酒の仕度をするよう」

「いかがしました？」

「何、あの深川の寺にいる滝久蔵へ貸した金が、どうやら始末がつきそうなのでな」

「それは、ようございました。私も、お相伴《しょうばん》いたします」

「うむ。よしよし。お前にも苦労をさせたが、来月の一日に、すべて返すそうじゃ」

「それはようございました」

「あの男、口先ばかりの男とおもっていたが、どうやら、ほんとうらしい」

「滝さんは、父上がいうほどに悪い人とはおもわれませんでした」

外では凩《こがらし》が鳴っている。

いつの間にか、冬がやって来たのだ。

二

翌々日、十一月二十八日の朝に、おはるが鐘《かね》ケ淵《ふち》の隠宅へあらわれた。

この日の早朝に、小兵衛が杉原秀《すぎはらひで》を使いにやって呼び寄せたのだ。

おはるが来ると、秀は、居間の縁側へ出て縫物をしながら、あたりに目をくばった。

何事もない。

小兵衛は、

「おい。ちょいと、こっちへ来てくれ」

おはるを、納戸《なんど》へ呼び、

「今夜から、お前に少し、はたらいてもらわねばならぬ。よいな?」

「それでは、今夜、此処《ここ》へ泊ってもいいのかえ?」

「ああ、そうしてもらわなくてはならぬ」

「あい。何でも、いいつけておくんなさいよう」

「実は、な」

小兵衛が何かささやくと、おはるは、いささか緊張の面持《おもも》ちで、何度もうなずいた。

そして、昼近くになると、おはるは庭へ出て行った。

それと見て、縁側へ出た杉原秀の目配りが、きびしくなった。

おはるは、すぐにもどって来た。

昼過ぎには、小川宗哲《そうてつ》が〔駕籠駒《かごこま》〕の駕籠に乗って、いつものように山崎勘之介《かんのすけ》の治療に来た。

治療がすむと、おはるが、

「宗哲先生。ちょっと、あの……」

「何じゃ？」

「はい。ちょっと……」

居間の外へ出た宗哲を、台所にいた秋山小兵衛が手招きをした。

「はいはい、何じゃな？」

「先生……」

小兵衛が何かささやき、宗哲が低声《ていせい》でこたえる。

二人の語り合いは、すぐに終った。

それから後、小川宗哲は念を入れて勘之介の傷口を調べ、薬を塗り、さらに薬湯を飲ませた。

「先生。もう、そろそろ、外へ出てはいけませぬか？」

「それは、万事、小兵衛さんが心得ておる。なれど、傷処《きずしょ》は、日毎《ひごと》によくなってきたのう。もう心配はない」

「はい。かたじけのう存じます」

隠宅を出て、堤の道をあがって行く宗哲を、秀が見送りに出た。

そこへ、堤の道の向う側の、木立の中に待っていた駕籠舁《か》きの千造《せんぞう》と留七《とめしち》が、駕籠を担《かつ》いで近寄って来た。

「おお、待たせたな。ときに千造、ちょっと此処へ来てくれ」

「へい」

宗哲は千造に何かささやいた。

「わかりましてございます」

「たのむぞ」

「はい」

するりと、宗哲は駕籠へ入った。宗哲を乗せた駕籠は、見る見る遠ざかって行く。

秀は、駕籠が見えなくなるまで、堤の道に立ちつくし、辺りに目をくばっていたが、異常なしと見きわめると、隠宅へ向って道を下りて行った。これを、台所口から秋山小兵衛が見ている。

今日も晴れているが、風は強い。

その強い風も、夜に入ると熄《や》んだ。

隠宅の庭の闇《やみ》の中に、ひっそりと、一つ二つ、人影がうごきはじめた。

秋山小兵衛とおはるが、両脇《りようわき》から山崎勘之介をささえ、庭を大川《おおかわ》（隅田川《すみだがわ》）に向ってすすんでいるのだ。

居間には、杉原秀ひとりが残り、端然と坐《すわ》ったまま、身じろぎもせぬ。

小兵衛たちは提灯《ちょうちん》もつけず、庭の舟着きへ向った。

「おはる。よいかえ？」

「あい」

「さ、そこじゃ、勘之介殿。そこに舫《もや》ってある舟がわかるかな。こちらじゃ、もう少し右の方へ寄りなされ」

「あ、わかりました」

双方とも、つぶやくような低い声であった。

「もっと、こちらへ身を寄せて……そうじゃ、そうじゃ」

どうやら、勘之介が小舟へ乗れたようだ。

それから、おはるが乗り込んで、

「先生。出してよござんすかえ？」

「よいとも」

と、小兵衛は大男の勘之介を抱くようにして、

「さ、出せ」

「あい」

舟が、うごきはじめた。

そして、闇の中をすべるように、大川へ出て行ったのである。

大川へ出てから、おはるが舟行燈《ふなあんどん》を灯《とも》した。

大川をわたって舟を着けたのは、対岸の橋場《はしば》にある船宿〔鯉屋《こいや》〕である。

〔鯉屋〕の舟着き場には、ちょうど、三治《さんじ》という、なじみの若い者が出ていた。別の客の舟を見送っていたらしい。

「おい、おい、三治。わしだ。舟を着けるぞ」

「あっ、大先生《おおせんせい》」

「山之宿《やまのしゆく》の駕籠駒から、駕籠が来ているか？」

「はい。すこし前に……」

「このことは、だれにもいうなよ」

「わかっておりますでございます」

小兵衛は、山崎勘之介を舟からおろし、

「どうじゃ。歩けるかな？」

「はい。このとおりでございます」

「ふむ。よほど足許《あしもと》が、しっかりしてきたような」

「自分でも、そうおもいます」

「さ、これを杖《つえ》のかわりにしなさい」

と、小兵衛が棍棒《こんぼう》のようにふといものをわたした。

「は、ありがとうございます」

鯉屋の横の細い道から、橋場の通りへ出ると、

「大先生。こちらでございます」

闇の中から、千造が飛び出して来た。

「よし」

二人して、勘之介を待っていた駕籠へ乗せると、

「いいか、ゆっくり行けよ。ゆっくりでいいのじゃ」

「合点《がってん》でございます」

駕籠がうごきはじめると、小兵衛は、これにつきそって歩みつつ、

「おはる。先へ帰っていろ。わしも、そう遅くはならないつもりじゃ」

「あい。わかりました」

「万事に気をつけるように、な。秀どのにも、そういっておけ」

たようだ。

# 三

この夜。秋山小兵衛は、秀《ひで》やおはるがおもっていたより、早く帰って来た。

秀は、例の〔蹄《ひづめ》〕を膝《ひざ》もとからはなさず、脇差《わきざし》を引きつけ、緊張の時をすごしていたようだ。

「二人とも、御苦労だったのう」

笑いかけた小兵衛が、

「下谷《したや》・御徒町《おかちまち》の、生駒《いこま》筑後守《ちくごのかみ》様の屋敷へ、山崎勘之介《かんのすけ》殿を送りとどけてきた。さようさ、筑後守信勝《のぶかつ》様が、何かにつけ、いまの勘之介殿を庇護《ひご》しているらしい」

小兵衛は、駕籠駒《かごこま》の駕籠を待たせておき、生駒屋敷の門を叩《たた》き、山崎勘之介の名を告げると、門番がすぐに奥へ通じ、勘之介を抱え、入って行ったという。

「あの屋敷へ入ったなら大丈夫じゃ。無頼浪人どもも、手が出まいよ。七千石の大身《たいしん》ならば大名も同じようなものじゃ。家来も五、六十人はいよう。それでな……」

と、小兵衛は杉原秀を見て、

「先日、この庭先へあらわれた浪人、伊丹《いたみ》又十郎のことを勘之介殿にはなすと、それは、自分の一命をねらっている浪人のひとりではないかと申した」

「ま……」

「つまり、木下父子《おやこ》に雇われているように、おもえますと、こういうのじゃ。そうだとすると、尚更《なおさら》に油断がならぬ。今夜のうちに、勘之介殿の身を移してしまってよかった」

「はい」

「だれも見張ってはいなかったろうが、たとえ見張っていたとしても、この闇夜《やみよ》に灯《あか》りも持たず、舟でそっと大川へ出たとはおもうまい」

小兵衛は、笑って、

「なれど、あくまでも、勘之介殿が此処《ここ》にいることにしなくてはならぬ。よろしいか」

「はい。わかりましてございます」

「前に、大川沿いの道を、わしが歩いているとき、何やら怪しい者の足音が尾《つ》けて来たが、あのときは、おもい浮かばなんだが、あれもやはり、伊丹又十郎だったのやも知れぬ。いや、おそらく……」

いいさして、小兵衛は沈黙してしまった。

秀とおはるが、不安そうに、小兵衛を見つめた。

「剣の怨《うら》みは、特別なものよ」

小兵衛は、つぶやいて、

「何となれば、自分が負けた相手を打ち倒して勝たねば、すべてに自信を失い、一歩も前にすすめぬからじゃ」

「へえ……そんなものですかねえ」

といったのは、おはるだ。

「むろんのことに、すべてがそうではない。中には、山崎勘之介殿のような人《じん》もいるけれど、な」

杉原秀は、何度もうなずいた。

秀は女武芸者であるばかりではなく、その過去に剣の怨みを背負っていたことがある。それゆえ、小兵衛の言葉がよくわかるのであろう。

「帰りも、駕籠だったのですか?」

と、おはる。

「いいや、鯉屋《こいや》から、其処《そこ》の岸辺まで、舟を出してもらった」

翌二十九日の昼すぎになって、麻布《あざぶ》の鳥居坂《とりいざか》下にある料理屋〔一文字屋万七《いちもんじやまんしち》〕方へ、木下主膳《しゅぜん》があらわれた。

羽織・袴《はかま》をつけているが、主膳は出入りの町駕籠へ身をひそめ、駕籠を、一文字屋の門内まで入れてから、はじめて姿を見せた。

待っていた、一文字屋のあるじが、

「さ、こちらへ……」

「伊丹殿は来ているか？」

「少し前に、お見えでございます」

あるじの万七が先に立ち、庭づたいに、奥へ案内をする。

裏庭に近いところに、茶室めいた一棟が見えた。

「これで、いかがでございましょう？」

「うむ、よろしい」

木下主膳は肩をそびやかし、その離れの座敷へ通った。

待っていたのは、まさに、あの浪人だ。伊丹又十郎である。

なるほど、又十郎は、小兵衛が「かなりの遣い手」と評したように、体軀《たいく》も堂々たるもので、鼻ふとく、口は厚く、両眼《りょうめ》も巨《おお》きい。それでいて眉毛《まゆげ》が薄く、結いあげた総《そう》髪《がみ》も薄かった。

「いや、お待たせした」

木下主膳は、傲然《ごうぜん》といい、上座へ坐った。

「伊丹殿。その後、秋山宅の様子は？」

「相変らずです」

「と申すことは、山崎勘之介がうごいていないと……」

「いかにも。医者は毎日、治療に通って来ます。傷のぐあいもはかばかしくないとおもわれます」

「ふうむ。あの夜の槍《やり》がきいたな」

「槍で突いた人《じん》は、どなたで？」

「いや、さしたる男ではない。だが、あの夜は、うまくいった。地に伏せて、いきなり突きあげたのがよかったのであろう」

伊丹は、微《かす》かに笑い、

「当夜は、闇夜であったと聞きおよびました」

「いかにも」

膝をすすめた主膳が、

「山崎の居所《いどころ》を、ようやくに突きとめたのだが、あの老人の邪魔が入って……」

くやしげに舌打ちをし、

「その秋山小兵衛という老人は、さほどに手強《てごわ》いのか?」

伊丹又十郎はこたえなかったが、大きく、はっきりとうなずいて見せた。

「それに、何やら、手裏剣を遣う女が付いております」

「何、手裏剣……?」

「さようでござる。この女も油断はなりませぬ」

「のう、伊丹殿」

「は」

「父が……父がな、焦《あせ》っておるのだ。もはや居所がわかったのだから、事を急いでもらいたい」

「は。心得ております」

「そうした女が付いているからには、おぬし一人というわけにも行くまい。加勢の人数は、いくらでも雇う」

「そうして、いただくやも知れませぬ」

「うむ、うむ。して、いつごろになる? 聞いておきたい」

「あと、二、三日、あの家を探りましてからにいたしましょう」

「あと二、三日だな?」

「はい。必ず……」

「そのむね、父にもつたえよう。父も、おぬしに一度、会いたがっているのだが……何分、身分のこともあるし、それに、父の病いが、このところ、おもわしくないのだ」

「御推察いたします」

こういって、ちらりと主膳を、上眼づかいになった伊丹又十郎の顔は、人がちがったように下卑《げび》て見える。

主膳が、ふところから、袱紗《ふくさ》に包んだものを出した。金包みらしい。

伊丹又十郎の喉《のど》が、ごくりと鳴ったようだ。

四

つぎの三十日は、朝から雨がふりけむっていた。

朝飯をすますと、おはるは、関屋村《せきやむら》の実家へもどって行った。

「冷えるのう。まさに、冬じゃ」

小兵衛は相変らず、炬燵《こたつ》にもぐり込んだままで、

「こんなときには、どうも、曲者《くせもの》どもが押し込んで来るような気がする」

物騒なことをいい出した。

何しろ、小兵衛の勘のはたらきは、鋭くて、よくあたることを、杉原秀《すぎはらひで》もわきまえていたから、その言葉がふと気になり、立ちあがり、縁側に面した居間の障子を細目に開けて、庭の方を見やった。

(あ……?)

男がいた。

いましも、堤の道を下って来て、庭へ入ったところである。

男は笠《かさ》をかぶり、雨合羽《あまがっぱ》を着ている。裾《すそ》を端折《はしょ》り、素足に草鞋《わらじ》ばきであった。

そして、この男は、釣竿《つりざお》と魚籠《びく》を手に持っていた。

躰《からだ》つきも、伊丹《いたみ》又十郎とは全くちがう。

秀は、ほっとすると同時に、尚《なお》も油断なく、障子をゆっくりと開け、

「そこなお人、何用ですか?」

声をかけると、男は腰をかがめつつ、庭へ入って来て、

「こちらは、秋山先生のお宅でございますか?」

いいながら、笠をあげて顔を見せた。男は、笠の下にも頬《ほお》かぶりをしている。

秀は、一目《ひとめ》で、この男が町人でないことを看破した。しかし、秀でなければわからなかったろう。

「どちらさま?」

「は……」

男は、縁側まで身を寄せて来て、

「てまえは、生駒筑後守《いこまちくごのかみ》の家人《けにん》でございます」

ささやくように、

「秋山先生は御在宅でありましょうか?」

「おお、此処《ここ》におりますよ」

秀の背後から、小兵衛が顔を出した。

「あっ」

男は、丁重に、

「昨夜は、まことにありがとう存じました。山崎殿よりそれと聞いて、すぐさま、後を追いましたなれど……」

「それは、それは。ま、こちらへおあがりなさい」

「それでは、ごめんをこうむりまして」

居間へ入った男は、障子が閉まると同時に、笠も頬かぶりも除《と》って、正座して両手をつき、

「彦坂与助《ひこさかよすけ》と申します」

と、名乗った。

「主人、筑後守が、自身でまいらねばならぬところでございますが、山崎殿のはなしによりますと、なかなかに、むずかしい事情もありますようで、いろいろと思案の末、私が主人に代って参上いたしました。これは、主人より秋山先生へ、おわたしするようにと申しつかりましたものでございます」

中年の彦坂は、ふところから文箱《ふばこ》へ入った手紙を差し出した。

彦坂与助は、生駒家の用人をつとめているそうな。

「七千石の御大身の御用人に、そのような姿をさせて、申しわけない」

「いえ、私は釣りが大好きで、こうした姿はなれておりますので」

「ほう。それは、それは……」

「少しも存じませぬことにて、主人も、大変におどろきましてございます」

「そうでござろう、そうでござろう」

彦坂と語りつつ、小兵衛は手紙に目を通している。

「相わかりました。筑後守様へ、よろしく、おつたえ下され」

「主人は、今後のことについて、秋山先生の御指図を、うかがってまいるよう、申しておりますが……」

「さよう。しばらくは、山崎勘之介《かんのすけ》を外へ出さず、お囲《かく》まい下さるよう、お願いいたす」

「心得てございます」

「それでな……」

いいさして、しばらく沈思していた秋山小兵衛は、何か語り合っていたが、

「こうしたことは、いずれにせよ、間もなく結着のつくことでござる」

「主人は、秋山先生の御身《おんみ》のことを、まことに心配いたしております」

「ま、わしのことなら大丈夫。まだまだ、曲者どもの餌食《えじき》にはなりますまい」

「はい。なれど……」

「大丈夫、大丈夫。もし、お手を借りるようなことがあれば、こちらから連絡《つなぎ》をつけましょう。なれど、山崎殿も筑後守様御屋敷に囲まれておれば、何の心配もない。小兵衛、ありがたく御礼つかまつる。そのように、筑後守様へおつたえ下され」

深々と、小兵衛は頭を下げ、

「それがしと、山崎勘之介のことを……いや、勘之介の亡《な》き父親のこと、を、あなたは御存知か?」

「はい。主人から申し聞かされてございます」

「勘之介殿は、そうした人柄《ひとがら》ゆえ、筑後守様も、お目をかけられているのでござろう」

用人・彦坂与助は、筑後守信勝《のぶかつ》に、よほどの信頼を受けているものとみてよい。

「主人は、山崎殿を召し抱えたくおもっておりますが、なかなかに承知いたしてくれませぬ」

「ふむ、ふむ」

「そのかわり、もしも、何ぞ主人の身に危急あるときは、命を投げ出して、山崎殿が駆けつけてくれると私はおもっております」

彦坂与助が帰って行くと、

「ちょっと、見てまいります」

杉原秀が、庭へ降り立ち、其処《そこ》にあった番傘《ばんがさ》を手に取った。

彦坂は、いかにも釣り人らしい足の運びで、堤の道をあがって行く。少しはなれて、

秀がつづいた。小兵衛は障子の蔭《かげ》から、これを見まもりつつ、

「そろそろ、こちらも……」

と、つぶやいた。

秀が、堤の上へ立ったとき、浅草の方へ向っている彦坂用人の後ろ姿が、まだ見えていた。

秀は、其処に立ちつくしてうごかぬ。うごかぬが、ひらいた番傘の中の目は、向い側の木立のあたりに向けられていた。

すると、出て来た。

桜の木蔭《こかげ》から、三人の浪人が出て来た。

三人は、何気ないふうに歩み、堤の道を北の方へ歩むと見せて、いきなり、ぱっと秀を取り囲んだ。

「何ぞ、御用か?」

問いかけた秀の声は、落ちつきはらっている。

三人は、着ながしの裾をからげた浪人であった。

「御用か?」

「女。きさま、この下の秋山宅にいるのか。そうだな?」

「それがどうした?」

「おのれ」

近寄って来た一人が、秀の腕をつかもうとした。

秀に外され、

「うぬ!!」

浪人は、たちまち怒気を発した。すると別の一人が、

「斬《き》れ。斬ってしまえ」

「いいのか」

「いいとも。おれが請《う》け合う」

「よし」

浪人が、ぎらりと抜き放つと同時に、秀の腰が沈み、番傘の中へ隠れた。

別の一人が側面からせまって来るのへ、秀は傘を叩《たた》きつけ、すっくと腰を伸ばした。

「この女め!!」

秀の躰が、わずかにうごいた。

秀の手につかまれた〔蹄《ひづめ》〕が飛んだ。

「ぎゃあっ」

はじめの浪人の右眼に〔蹄〕の一個が突き刺さり、前方にいた一人の顔面の鼻のあたりに〔蹄〕が喰《く》い込んだ。たまったものではない。

「引け、引けい!!」

狼狽《ろうばい》して叫んだのは、いま「おれが請け合う」といった浪人である。

三人の浪人は、這《ほ》う這《ほ》うの体《てい》で、木蔭の中へ逃げた。あっという間の出来事であった。

秀は、まだ立っている。

異常はないと見て、落ちた番傘を拾ったとき、庭から、秋山小兵衛があがって来た。

「だれか、いたのかえ?」

「はい。三人ほど」

秀から委細を聞いて、小兵衛がいった。

「こうなると、こちらも人手を増やさねばならぬな」

四谷《よつや》の弥七《やしち》と傘屋の徳次郎は、小川宗哲《そうてつ》が山崎勘之介の治療に通って来るとき、ひそかに道筋を見張っていたのだが、いままでは、このような異常は起こらなかった。

しかし、浪人が三人も、小兵衛の隠宅と知り、見張っていたということは、伊丹又十郎の口から洩《も》れたのではあるまいか……。

「秀どの」

小兵衛が秀を手招きして、顔を寄せ、何かささやいた。

「はい。承知いたしました」

「急がずともよい。ゆるりと、な」

「はい」

「舟で行くのがよいけれども、雨中とはいえ、まだ日中のことじゃ。念には念を入れたがよいであろう」

「はい」

秀は、番傘をひらき、

「では、行ってまいります」

「御苦労だが、たのむ」

秀の姿が、ゆっくりと、浅草の方へ遠ざかるのを小兵衛は見送っている。

## 五

十二月一日の昼近くなってから、平松多四郎は、深川の陽岳寺《ようがくじ》にいる滝久蔵《たききゅうぞう》を訪ねた。

久蔵は、この日に元利合わせて三十二両二分を、すべて返済すると約束をし、新しい証文を多四郎につくらせて、印《はん》を捺《お》したのである。

(やれやれ……)

深川へ向う平松多四郎の、きげんはよかった。

(これで、あの男の口先にごまかされることもなくなる)

多四郎は、金を惜しむというより、借りた人が、あれこれとうまいことをいって返済を伸ばす、それを憎むのだ。

(あの滝という男も、さほどに悪い男ではないと、わしはおもうのだが……)

滝久蔵は、陽岳寺の中の小屋で、あわただしげに荷造りをしていた。近いうちに、本郷の組屋敷内の長屋へ移るつもりなのであろう。

「平松多四郎、お約束によって参上いたしました」

多四郎が声をかけると、滝久蔵が、ゆっくりと振り向いた。

そのときの様子が、異常であった。

何か、別の人を見ているようなおもいが、多四郎にはしたのだ。

「何ぞ、約束をしましたかな?」

他人事《ひとごと》のように、久蔵がいう。

「本日、お貸しした金《もの》を、すべて御返済下さるという約束を……」

「何かの間ちがいではござらぬか」

「間ちがい？」

「さよう」

平松多四郎は、かっとなり、件《くだん》の証文をつかみ出した。

「ごらんなされ。ここに、印が捺してあります」

久蔵は、受け取って、まじまじとながめた上で、

「こりゃ、ちがう。ちがいますな」

と、いうではないか。

「何を、おっしゃる。この証文の印は私の目の前で、あなたが捺したものでございますぞ」

「いや、ちがう。知らぬ。そのようなおぼえはない」

「いいかげんになされ」

多四郎は、怒りにふるえた。当然のことだ。

「な、何のつもりで、そのような嘘《うそ》をつかれるのか」

大声をあげ、多四郎が走り寄って、おもわず、滝久蔵の胸倉をつかむと、

「何をなさる」

久蔵も怒気を発し、多四郎の手を振りはらうと共に、その余勢で、ちから一杯に多四郎を突き飛ばした。こうなると何といっても、むかしは父の敵《かたき》を討ったほどの久蔵だ。

「あっ……」

突き飛ばされ、またも、つかみかかる多四郎を、

「無体《むたい》を申すな!!」

腰を入れて、久蔵が今度は双手《もろて》で突いた。

「ああっ……」

平松多四郎は、入口の戸へ打ちあたり、ぶざまに転倒した。

「お帰りなさい」

「ぶ、ぶれいな……」

「どちらが無礼だ」

まるめた証文を、多四郎の頭へ叩《たた》きつけて、

「帰れ!!」

久蔵が叫んだ。

「おのれ」

屈辱と怒りで、多四郎は何が何だかわからなくなり、

「そ、それでは、出るところへ出るぞ。この証文を見せれば一目瞭然《いちもくりょうぜん》じゃ」

「勝手にするがよい」

ふしぎなことに、滝久蔵は証文を取り返そうともせぬ。多四郎は、そのことがわからなかったが、こうなっては、どうしようもない。

この日、帰宅してから、平松多四郎は憤懣《ふんまん》を女中に打《ぶ》つけ、夕方に帰って来た息子の伊太郎《いたろう》へ打つけた。八つ当りである。

伊太郎にも、よく、わけがわからなかった。何といっても、父は滝久蔵の実印が捺された証文を所持しているのだから、お上《かみ》へ訴えて出れば、久蔵が不利となるに決まっているのだ。

それなのに、何故、久蔵は、

(そのようなふるまいをしたのか?)

どうもわからぬし、父をなぐさめようもない。一緒になって怒るより仕方がない。

いつもは飲まない酒を、二、三本飲んで、そのまま、多四郎は酔いつぶれてしまっ

た。

女中のお元《もと》が、

「いったい、どうしたのでございましょうか?」

「どうもこうもない。証文があるのだから、父上の勝ちに決まっている」

「それはまあ、そうでしょうけれど……」

翌日、平松多四郎は、このことを町奉行所へ訴え出た。

町奉行所では、相手が御徒士《おかち》の者と知るや、さらに上へうかがいをたてて、

「今日のところは、引き取るように。明日にも追って沙汰《さた》をいたす」

と、いう。

翌朝になって、町奉行所から、

「今日の九ツ半(午後一時)に、評定所《ひょうじょうしょ》へ出頭いたすように」

通知があったのは、何かの事情があって、この件は幕府の評定所のあつかいとなったらしい。

同じような通知が、滝久蔵の許《もと》へも届けられたはずだ。

たとえ、身分は低くとも、将軍の警備をつとめる徒士の関《かか》わることだから、評定所のほうへまわした、とも考えられる。

評定所は、江戸城・和田倉門外にあり、幕府の最高裁判所ともいうべきものだ。

「何ひとつ、わしにやましいところはないわい」

平松多四郎は、元気に出て行ったし、伊太郎も、

「これは、親父《おやじ》どのの勝ちだ」

心配をするお元に、そういって、自分は例の根津権現《ねづごんげん》・門前の〔越後屋《えちごや》〕へ、牛蒡《ごぼう》女《おんな》のお篠《しの》を抱きに出かけた。

この日、多四郎と久蔵は、個々に取り調べを受けた。

調べにあたったのは、目付役《めつけやく》・水谷織部《みずたにおりべ》（二千石）と、吉良大学《きらだいがく》（千五百石）であった。

証文をあらためた水谷織部が、

「これ、平松多四郎とやら」

「はっ」

「滝久蔵のほうでは、この証文におぼえなしと申しているぞ」

「おそれながら、申しあげます」

多四郎は、証文に捺印《なついん》させた日にちと、そのときの状況をくわしく申し立てた。

これを聞きながら、水谷と吉良が、実に嫌《いや》な顔つきになった。

昂奮《こうふん》して、しゃべればしゃべるほどに、平松多四郎の、いかにも強欲そうな顔だちが目立ち、温和《おとな》しげで、いかにも素直に見える滝久蔵にくらべると、どうも好意を抱くというわけにはまいらぬ。

顔だちは生まれつきのものだから、どうしようもないが、金貸しという職業によって、人の見る目がちがってくるのだ。

この日は、

「追っての沙汰を待つように」

というわけで、多四郎は帰宅をした。

「だれが見てもわかることなのに、ひどいあつかいをするものじゃ」

帰宅してからも、多四郎の不審と怒りは消えなかった。

夜更《ふ》けて、伊太郎が寝床へもぐり込み、

「親父は、あの顔で損をしたのではないか？」

ひとり言に、つぶやいた。

二日おいて、評定所から呼び出しがかかった。

この日はじめて、相対吟味《あいたいぎんみ》がおこなわれたのである。

相対吟味というのは、同じ場所へ原告と被告を呼び出して、取り調べをおこなうこ

とで、

（いかに腹の黒い滝久蔵も、双方が顔を合わせるとなると、どうかなあ）

おもいつつ、評定所へ向う父を送り出した。

ちょうど、そのころ……。

麻布《あざぶ》・鳥居坂《とりいざか》の料理屋・一文字屋《いちもんじや》の、庭の奥の離れに、木下主膳《しゅぜん》と伊丹《いたみ》又十郎が会っている。

今日は、又十郎のほうから木下主膳を呼び出したのだ。

「困りますな。浪人共が三人、秋山宅へ押しかけたというではありませぬか」

「そうなのだ」

「私が、やっと探り出したことを、浪人たちへお洩《も》らしになったのですな」

「ま、そういうことだ」

「困りますな。こうなると、向うも油断をしなくなります。私もやりにくくなる」

「む……」

木下主膳は、鼻白んだ顔つきになった。

それを睨《にら》むようにして、伊丹又十郎が盃《さかずき》の酒をふくみ、

「あらためて、申しあげておく。あの秋山小兵衛という老人を殺《や》って、しかも、傍《そば》に

いる山崎を殺るというのですから、よほどに心してかからぬと、できぬことです」

「わしが、手を出せと浪人たちへいったのではない」

「しかし、あの連中は自分たちでやれるとおもい込む」

「ふむ……」

「そのあげく、女にあしらわれて退散した、というわけですな」

「………」

「私にすべてを、おまかせになったのですから、私のいうとおりになさることです」

「わ、わかった」

「これは、私がおもうようにやります。よろしいか？」

「わかった。しかし、あまりに長引くと、山崎の傷が癒《なお》ってしまう」

「山崎など、小兵衛にくらべたなら、物の数ではない」

今日の伊丹又十郎には、何か居丈高なところがあり、木下主膳は圧倒されているようだ。

「なれど、三、四日のうちには、私も仕てのけるつもりです」

「さ、さようか」

「ほかに、もっと腕のたつ浪人はおりませぬか？」

「いる。山崎を槍《やり》で刺した男が……」

「その男ひとりでよろしい。明日の昼前に、此処《ここ》へ呼んでいただきたい」

「よろしい。明日だな？」

「念のために申しあげておくが、このことは、内密に……」

「む。承知した」

主膳は、ふきげんのままに立ちあがり、

「で、いつやる？」

「先方の呼吸をはかって……」

伊丹又十郎は薄く笑い、盃の酒をぐいっと飲みほした。

六

さて、評定所における相対吟味だが、先《ま》ず、目付の水谷織部《おりべ》が、平松多四郎から証文を受け取り、

「滝久蔵、これへまいれ」

「は」

「この証文を見よ。おぼえがあるか、どうじゃ?」

問うや、受け取った件《くだん》の証文を、じっくりと見て、

「いささかも、見おぼえがございませぬ」

久蔵が、平然とこたえた。

多四郎は、たまりかねて、

「おそれながら、おそれながら……」

血相を変えて、膝《ひざ》をすすめた。こういうときの平松多四郎の顔貌《がんぼう》は白髪の老人ともおもえぬ。だれの目にも好感をもって見られない。

二人の目付は顔を見合わせ、実に嫌な顔つきになった。

「おそれながら、その証文に捺《お》してありまする印形《いんぎょう》は、その滝久蔵殿が自ら、この私の目の前で捺したものでございまする」

二人の目付は、

(こやつ。浪々の身とはいいながら、武士たる者が強欲な金貸しなぞをいたしおって……)

というおもいが、露骨に顔へあらわれてきた。

「まことにこれは言語道断」

おもわず、侍の言葉づかいになって、多四郎は尚《なお》も、

「な、何よりも、この証文の印形が証拠にございます」

いいつのると、たまりかねたように吉良《きら》大学が、

「さわがしい。控えておれ」

叱《しか》りつけるようにいった。

「これ、滝久蔵」

と、水谷織部が、

「平松多四郎は、このように申しているが、申しひらきがあるや、いかに?」

するとと久蔵が、もう一度、証文を見て、

「まさに、よくよく見れば、私の印形でございます」

落ちついて、こたえたものだから、二人の目付がおどろき、

「何と申す?」

「なれど、この印形を、この証文へ捺したおぼえは毛頭ございませぬ」

「何じゃと?」

水谷がいえば、吉良も、

「妙なことを申すではないか。では、いままでのことは嘘《うそ》ということになる」

「は。おそれいりましてござります」

久蔵は、神妙に両手をつかえて、

「なれど、私めの、この印形は先月の中ごろに紛失いたしましたまま、いまもって見つかりませぬ。それで先程は……」

「何、紛失いたしたと?」

「はい」

「嘘だ。嘘をいうな」

またしてもわめく多四郎を、

「調べはわれらがいたす。控えておれ」

水谷織部が、強く叱りつけ、もはや、不快の色を隠さなかった。

滝久蔵が、

「証文を書きあらためていただきたい」と、いんぎんに多四郎へたのんだのは、先月の二十六日で、さらに「区切りもあるし、今日は日が悪いので、ついでのことに返済の日づけを来月の一日にしていただきたい」と、あくまでもおとなしやかに利息として三両を差し出したので、多四郎は証文を書きあらためたのだ。

だが、久蔵は、その日よりも前に印形を紛失してしまったというのだ。

「まことにもって、不審にたえませぬ。いずこへ取り落したものか、その印形が、かくのごとき証文に捺されておりますることは……いかにも、ふしぎでござります」

神妙に、困惑の様子で滝久蔵はいう。おどろいている様子だが、多四郎へは一片の口もさしはさまず、口調は物しずかであった。

二人の目付は、このような滝久蔵に好感を抱いた。

水谷織部が、じろりと平松多四郎を見やってから久蔵へ、

「これ、そのほう、実印を失《な》くしたからには、そのむねを届けおいたであろうな、どうじゃ？」

「は。それと気づきまして、上へ届け出ましたのが、先月の二十六日でございました」

多四郎の顔色が一変した。

（さては……）

ここでようやく、多四郎は久蔵のたくらみに気づいたようだが、すでに遅い。しかし黙ってはいられなかった。

久蔵は頭をたれて、

「よしなに、充分の御吟味をなし下されまするよう」

いうのへ、たまりかねた多四郎が、

「これは、滝の陰謀にございます。私が証文を書きあらためた、その日に……」

その日に久蔵は、印形紛失のことを上へ届け出たのだ。

「こ、これは、まさしく……」

昂奮《こうふん》のあまり、口がもつれてくるのへ、水谷が、

「黙れ!!」

一喝《いっかつ》した。

「は……」

「取り調べるは、われらが役目である。そのほうは控えておれ！」

「ははっ」

「いますぐにも、取り調べつかわす。両人とも、しばらく待て」

すぐさま、下役を本郷の組屋敷へ走らせて調べると、組頭《くみがしら》の山口宗平が、

「いかにも、滝久蔵の申すとおりでござる」

久蔵が書いた紛失届を出してわたした。

日づけは、まさに十一月二十六日になっている。これは事実なのだから、山口は少しも、うたがっていない。

評定所で待っていた両目付は、下役の報告を聞き、紛失届を子細にあらためた上で、

「本日はこれまで。尚《なお》、本日は両人とも帰宅をせず、評定所に泊るよう」

その申しわたしを聞いて、びっくりしたのは平松多四郎であったが、滝久蔵は少しもさわがず、

「かしこまりましてござります」

あくまでも、神妙に平伏をした。

「うむ。この紛失届は預かりおくぞ、よいな？」

「はい」

この日、平松多四郎は、むろんのことに帰宅しなかった。しかし、評定所の小者《こもの》が、そのことを平松と、近くの御徒士《おかち》組屋敷へつたえた。

「いったい、旦那《だんな》様はどうなすったのでございましょう？」

女中のお元は、夕飯も口にせぬほどに心配をしている。

お元は、伊太郎《いたろう》が生まれて間もなく雇われ、長い歳月を忠実につとめてきた。下女同様のお元に対して、平松多四郎は年に五両という、破格の給料を出している。

(吝嗇《けち》な親父《おやじ》どのが、よく、これだけの金を出すものだ)

伊太郎は、よくわからない。

しかし、多四郎は、

(これほど、よくはたらいてくれる女ゆえ、いつまでもいてもらいたい。それには、こちらも、お元の気に入られねばならぬ。こちらの気持をお元につたえるには、口先でいってもだめだ。かたちであらわさねばならぬ。それには、金がもっともよい)

そう考えている。多四郎は、やはり並の金貸しではなかった。亡妻の骨をおさめてある菩提寺《ぼだいじ》などにも、金を惜しまない。お元は四十八歳になる。

伊太郎は、お元よりも深い不安をおぼえた。評定所《ひょうじょうしょ》における父の顔、その昂奮ぶりが、まざまざと脳裡《のうり》に浮かんできて、

(親父どのは、あの顔で、お取り調べを受け、損をしたのではないか……?)

そうおもえてならないからである。

そのころ……。

伊丹《いたみ》又十郎は、槍《やり》を遣うあの浪人と一文字屋の離れで、酒を飲んでいる。

二人が会うのは二度目だが、妙に気が合ったのかして、この前も長い間、語り合っていた。

槍の浪人の名を、牛窪為八《うしくぼためはち》という。

「ま、これを見るがよい」

といって、伊丹又十郎が絵図面のようなものを、牛窪浪人の前へひろげて見せた。

「これをよく見てくれ」

又十郎が指さしつつ、

「これは、おれが外から見た秋山宅だ。中がどうなっているか、それは知らぬが、小さな家ゆえ、およその見当はつく」

「なるほど」

「よいか。おそらく、この辺りに、山崎は寝ているとおもう。さよう、この縁側にのぞんだ部屋だ。わかるか?」

「よくわかります」

「とすれば、秋山小兵衛は、この辺りにいるのではあるまいか。手裏剣を遣う女も、同じだ。台所は此処《ここ》だ。これは外からでもわかる」

「ふむ、ふむ」

「庭の奥の方や、家の中も、くわしいことはわからぬが、いまは迂闊《うかつ》にはうごけぬのでな」

「いや、これで充分ではないでしょうか」

「そうおもうか」

「充分です」

と、牛窪は胸を張って見せた。

「いまのところは、このほかに人の出入りはない。いるのは秋山、山崎と、女ひとりだ。いまが汐《しお》どきと、おれはおもう」

伊丹又十郎の言葉に、牛窪は深くうなずいて、

「で、いつ?」

「明日、押し込もう。どうだ?」

「拙者は大丈夫です」

「槍を忘れるなよ」

「承知」

見合わせる二人の目に、見る見る殺気が浮かんできた。

伊丹又十郎は、小兵衛宅の庭に、小舟があることを、まだ気づいていないらしい。

もっとも、あれから、小兵衛は、小舟の舟着きに手を入れ、外からは小舟が見えぬようにしてある。

窓を開けた伊丹又十郎が、空を見あげ、

「これは明日、雨になるな」

「ちょうどよいあんばいですな」

「うむ。さ、もっと飲んでくれ」

「は。いただきます」

牛窪為八は、小柄《こがら》な躰《からだ》つきだが、精悍《せいかん》な面《つら》がまえをしている。

「明日といっても、夜更《よふ》けに、二人で会って、秋山宅へ斬《き》り込むのは、明け方だ。そのほうがよい」

「まだ、明るくならぬうちですな」

「そうだ」

又十郎が手を打って、女中をよび、酒をいいつけた。女中が、

「冷え込んでまいりました」

「うむ」

「ぽつり、ぽつりと落ちてまいりましてございます、雨が……」

「そうか。そうだろう。よいか、酒は熱くしてな」

「はい」

女中が去ったあと、伊丹又十郎は、しずかに大刀の鞘《さや》をはらって、青白い刀身に見入った。

# 首

## 一

翌々日の朝……といっても、まだ、辺りは暗かった。

前夜おそく、鳥居坂《とりいざか》の〔一文字屋《いちもんじや》〕の離れで落ち合った、浪人・伊丹又十郎《いたみまたじゅうろう》と牛窪《うしくぼ》為八《ためはち》は、音もなく堤の道へあらわれた。

前々夜から降り出した雨は、熄《や》むことなく降りつづいている。

「よいか、行くぞ」

低い声で、又十郎が念を入れると、牛窪はうなずき、得意の手槍《てやり》の鞘を外した。

秋山小兵衛《こへえ》の隠宅は、しずまり返っている。

「打ち合わせたとおりだ。おぬしは、かまわずに寝ている山崎を突け。よいな？」

こういって、又十郎は大刀を抜きはらい、先に立って、堤の道を庭へ下りて行く。

牛窪は、二度三度と槍を扱《しご》いてから後につづいた。

小兵衛の隠宅は、右から居間、ついで板の間になってい、此処《ここ》に小兵衛愛用の炬燵《こたつ》がある。その奥に納戸《なんど》があり、左端が台所と湯殿だ。

居間の縁側へ近寄り、身を屈《かが》めた牛窪は、小柄《こづか》を抜き取り、これを雨戸の透き間へ差し込み、何かやりはじめた。

小柄を引き抜いて、牛窪は伊丹又十郎へ大きくうなずいて見せた。器用なことをする。こんなことを何度もやってきているのであろう。

「伊丹さん、開きました」

「よし」

又十郎が雨戸の透き間へ手を入れて引くと、雨戸はするすると開いた。

裾《すそ》を端折《はしょ》って、足袋跣《たびはだし》といういでたちの、二人の浪人は縁側へあがった。

縁側の正面は、障子が閉め切ってある。

雨音がこもっている屋内は、間近にせまった朝を迎えようとして、夜の闇《やみ》が、しだいに遠ざかりつつあった。雨の日の朝だが、真暗ではない。よく見れば、物のかたちはかなり見える。その暁闇《ぎょうあん》の中で、又十郎と牛窪は、もう一度、うなずき合った。

又十郎の手が、障子にかかった。

少しずつ、少しずつ、障子が一枚、開いた。又十郎がくびを中に入れて、見まわした。

寝ている。たしかに、大きな躰《からだ》の男が寝ている。

(山崎勘之介《かんのすけ》だな)

そうおもって、又十郎は牛窪の腕を引き、中を見せた。

牛窪はうなずき、手槍を構えた。

手槍を蒲団《ふとん》の上から突き込むつもりであった。同時に、伊丹又十郎は、となりの部屋に寝ているであろう、秋山小兵衛へ襲いかかるつもりだ。

又十郎は躊躇《ちゆうちよ》せずに、牛窪の肩を押して合図を送った。

牛窪が突き進むのを見た伊丹又十郎は、これも縁側づたいに次の間へ突入した。

(うまく行った!)

又十郎は、自信に満ちている。

侵入があまりにも容易であったため、屋内の様子に変ったことはないと確信をしたのである。

ところが……。

寝床の上から手槍を突き込んだ牛窪浪人は、転瞬、眠っているはずの、寝床の中の

人がすっくと起きあがり、

「待っていた!」

声をかけてよこしたのに、びっくりして、おもわず立ちすくんだ。

気を取り直し、

「やあっ!」

突き入れた槍は打ち払われ、あっとおもう間もなく、大きな男が走りせまって来て、物もいわずに、牛窪の肩先を斬《き》り下げた。

「ああっ……」

深く斬られて、おもわず牛窪は絶叫を発した。

板の間へ踏み込んだ伊丹又十郎も、愕然《がくぜん》となった。

板の間にも、納戸にも薄明がただよっているが、

(小兵衛は何処《どこ》に?)

又十郎が気を取り直し、眼《め》を凝らした途端に、

「ぎゃあ!」

何とも形容しがたい、牛窪為八の悲鳴があがった。

同時に、板の間の奥の方(納戸)から、ぴゅっと風を切って疾《はし》って来たものが、又

十郎の左頰《ほお》をかすめた。

(あ……あの女の手裏剣……)

そうおもった瞬間に、伊丹又十郎の闘志は、たちまちに崩れた。

ぴゅっと、また、〔蹄《ひづめ》〕が飛んで来て、これは又十郎の右頰をかすめた。

又十郎は、縁側へ走って、

「牛窪……」

声をかけたが、牛窪浪人のこたえはなかった。

「曲者《くせもの》、名乗れ」

そのかわりに、寝ていた大男が、脇差《わきざし》を構えて、じりじりと近寄り、

「おのれ、失敗《しくじ》ったな」

声をかけてよこした。

秋山大治郎《だいじろう》である。

いつの間にか、父・小兵衛の指図によって、船宿〔鯉屋《こいや》〕の舟で隠宅へ着き、山崎勘之介のかわりに、寝床へ入っていたのだ。

秋山小兵衛が、このように周到な用意をしていたとなれば、伊丹又十郎は操り人形のようなもので、どうしようもない。

「伊丹又十郎、久しぶりじゃな」

何処かで、小兵衛の声がきこえた。

「で、出て来い!」

又十郎が叫び、大刀を構えた。

「そんなにやりたければ、其処《そこ》にいるせがれに指南してもらうがよい」

「何……」

又十郎にとっては、小兵衛に、こんな大男の息子がいることなど、おもってもみなかったことだ。よくよく考えてみれば、たしかに男の子がいると耳にしたことがあるはずで、それも、遠い昔のことである。

「又十郎。ともかくも今夜は帰れ。帰ったほうがよい。せがれは、わしよりも強いやも知れぬぞ」

「う……」

「今夜のところは、おぬしの負けだよ」

小兵衛は、これだけの用意をして、しかも、四谷《よつや》の弥七《やしち》と傘屋《かさや》の徳次郎にたのみ、隠宅の様子を探りにあらわれる伊丹又十郎の居所《いどころ》までも突きとめてしまっていた。少しもそれと気づかずに乗り込んで来た又十郎は、この段階で、負けているといってよい。

(たしかに、分がわるい)

ことに、居間に立ち、脇差を正眼《せいがん》に構えている秋山大治郎の巨体には、毛ほどの隙《すき》もなく、気魄《きはく》が又十郎を圧倒していた。

「う、うう……」

大治郎に斬り殪《たお》された牛窪浪人の呻《うめ》き声がきこえる。

あかつきの闇《やみ》は、しだいに明るみつつあった。

たまりかねて、又十郎が開いていた雨戸から庭へ飛び出した。

それと見て、大治郎が脇差を捨てて、大刀を抜きはらい、後を追わんとして縁側へ出ると、

「大治郎」

小兵衛が、しずかに板の間からあらわれ、

「追うつもりか?」

「はい」

「よせ。今夜はこれでよい。これで、又十郎が気づかなんだら、もはや、手のつけようがない。今夜の押し入って来た様子を見ても、あの男の腕前は、およそ知れたわ

え」

牛窪為八の呻き声が、はたと熄《や》んだ。

息絶えたものとみえる。

二

その日も、平松伊太郎《いたろう》は、根津《ねづ》の〔越後屋《えちごや》〕で、お篠《しの》と遊んでいた。

冬が来たというのに、この日は妙に暖かく、雨も昼すぎにはあがり、日ざしも明るくなってきた。

寝床で、お篠と抱き合っていると、伊太郎は汗ばむほどになり、例によって、いいようにお篠が翻弄《ほんろう》するものだから、

「おい。ち、ちょっと……おい……」

「何さあ?」

「水を飲ませてくれ」

「あいよ」

枕元《まくらもと》の水差しの水をふくみ、口移しに伊太郎の口へ飲ませてやると、

「もう一度、もう一度」

「そんなに、喉《のど》が乾いたのかえ？」

「こんなにされたら、おれは、どうにかなってしまう」

「それじゃあ、かんべんしてあげようか？」

「いや、大丈夫だ」

「今度は、こうしてやる」

「あっ。おい、そんなことをするな」

伊太郎の躰《からだ》の上で、お篠は、のた打ちまわるようにして、伊太郎に、よろこびの悲鳴をあげさせた。

このときの伊太郎は、父・多四郎《たしろう》のことも忘れ切ってしまっている。

多四郎は、評定所《ひょうじょうしょ》へとどめ置かれたまま、まだ帰って来ない。たしかに心配なのだが、

(なあに、あの証文があるからには……)

父の身の上は大丈夫だという確信が、伊太郎にはある。

それに、何かの対象へ無我夢中になっているときの伊太郎は、そのほかのことを、すべて忘れてしまう。これは子供のころからの性格で、

「お前は、物事に夢中となると、何を仕出かすかわからぬところがある」

父の多四郎が、つくづくと、

「それが良いほうに行けば大したものだが、いまの世の中では、よほどに気をつけぬと悪いほうへ逸《そ》れてしまう恐れがある」

そういったこともある。

(それにしても、お調べが長すぎる)

実は、一昨日、評定所へ出かけていって、父のことを問いただしたが、

「いまは、お調べ中ゆえ、いましばらく待つように」

とのことであった。

(何を待つのだ。滝久蔵《たききゅうぞう》が悪いに決まっているのに……)

どうもわからぬ。

「お篠。今日は、これで帰る。明日また来るよ」

ようやく寝床から這《は》い出して、伊太郎が、

「躰中が粉々になってしまったようだ。明日だが、明日は無理かも知れないな」

「うふ、ふふ……」

起きあがったお篠が、後ろから伊太郎へ抱きつき、

「可愛《かわい》い伊太郎さん」

頬のあたりをぺろりと舐《な》めた。

根津を出て、宮永町から茅町《かやちょう》へと、帰宅を急ぐ伊太郎の胸元から、得《え》もいわれぬ香りがただよってくる。

お篠の肌《はだ》の匂《にお》いと、化粧の香りであった。

「ふうむ。たまらぬなあ」

うっとりと、つぶやき、伊太郎は湯島の切通しへ出た。

ちょうどそのころ、評定所では、平松多四郎と滝久蔵が呼び出され、裁決を受けていた。

目付《めつけ》の水谷織部《みずたにおりべ》が、

「平松多四郎。面《おもて》をあげよ」

「は……」

「そのほうは、謀判をいたし、無実のいいがかりをいたし、不とどきしごくにつき……」

なんと、死罪に処すという判決が下ったのである。

「げえっ……」

このことを聞いたとき、女中のお元《もと》は気をうしなってしまった。

伊太郎も、この判決には納得《なっとく》できなかった。当然である。謀判（印形《いんぎょう》の偽造）をしたのは、滝久蔵にちがいない。

明日は、多四郎が死刑になるという前日に、伊太郎との面会がゆるされた。

評定所の牢屋《ろうや》から引き出されて来た平松多四郎は窶《やつ》れ切って、まるで、死人のようであった。

面会といっても、父子《おやこ》が自由に語り合えたわけではない。

役人が二人もつきそっていて、目を光らせている。

「伊太郎。これは、お上《かみ》の……」

たまりかねて多四郎が、何かいいかけると役人が、

「これ！」

制止してしまうし、ただもう、平松父子は顔を見合わせるばかりなのだ。

痩《や》せおとろえた平松多四郎の両眼は、泪《なみだ》に光っていた。その眼をひたと我子に向け、万感のおもいをこめるのが精一杯であった。

それも束《つか》の間《ま》のことで、多四郎は役人にうながされ、牢屋へもどって行った。

その父を見送っている伊太郎の両眼に、何やら決意の色が浮かんだようだ。

翌日、多四郎は、首を切られた。

このことを、伊太郎が鐘《かね》ケ淵《ふち》の隠宅へ秋山小兵衛を訪ねて語ったのは、三日後になってからだ。

「な、何ということじゃ。こうしたことなら、もっと早く、知らせてくれればよかったものを……」

小兵衛も、さすがにおどろき、暗然と声をのんだ。

前もって知らせてくれれば、小兵衛は小兵衛なりのうごきようもあった。

だが、もう遅い。多四郎は死刑になってしまったのだ。

「伊太郎さん。お前、これからどうするつもりじゃ？　その滝久蔵とやらを向うにまわして、父上の敵《かたき》を討ちたいか、どうじゃ？」

すると言下に、伊太郎が、

「とんでもない。そんなことは、いたしません」

「どうして？」

「いまの世に、敵討ちなぞ、古めかしいことです。死んだ父も、そんなことを、よろこびますまい」

「ほう……」

「それよりも、私が腹に据《す》えかねるのは、お上の……評定所のお取り調べです」

「ふむ、ふむ」

評定所は、幕府の最高裁判所で、町奉行をはじめとして、寺社・勘定の二奉行も評議に加わることになっている。

それにしては、あまりにも調査が、

(簡単すぎるような……?)

と、小兵衛はおもった。

打首にされ、その首は、小塚原《こづかっぱら》の刑場にさらしものとなっているそうな。

金貸しといっても、平松多四郎は、もと侍である。それにしては、このあつかいが少し乱暴ではないか。

「それで、どうするつもりじゃ。あらためて訴え出るつもりでいるのか?」

小兵衛が問うと、伊太郎はかぶりを振って、

「子の私の手で、父を葬《ほうむ》ってやりたいとおもいます」

「といっても……」

「いや。父の首は小塚原にさらしてあります」

「うむ」

「ですから、その、父の首を奪い取ってまいります」

きっぱりといった伊太郎が、別人のように見えた。

「奪い取るといって、ひとりでかえ?」

「はい」

「番人がいるぞ。捕まったら、どうする?」

「いまの私は、そのようなことを考えておりません」

「怖くないか?」

「ありません」

「よし」

うなずいた秋山小兵衛が、

「これも、何かの縁だ。わしが一緒に行ってやろうよ」

「え……?」

「明日の夜、行くとしようか。それでな、昼間のうちに、多四郎殿の首が何処《どこ》にあるか、見とどけて来てもらいたい。わしは、ちょっと、その前に用事をすませておきたいのじゃ」

「かたじけなく存じます。今日は、秋山先生の御意見をうかがうつもりでまいりましたのに……」

「こんなことに意見もへちまもあるものか」

小兵衛の老顔に、血がのぼってきた。

三

翌日の昼すぎに、本郷五丁目の〔瓢箪屋《ひょうたんや》〕へ、ふらりと秋山小兵衛があらわれた。

瓢箪屋は、前に伊太郎《いたろう》と酒を酌《く》みかわした蕎麦屋《そばや》だ。

小兵衛は入れ込みではなく、奥の小座敷へ通り、小女《こおんな》に、簡単にしたためた手紙をわたし、

「春木町《はるきちょう》に、御公儀の御徒士《おかち》の組屋敷がある」

「はい」

「そこの長屋に、滝……いや、小村久蔵という人《じん》がいるから、その人へ、この手紙をわたしてもらいたい」

「はい。あるじに行ってもらいましょうか？」

「そうじゃな。では、そうしてもらおうか」

心付けをわたし、小兵衛が、

「わしが此処《ここ》で待っているとつたえておくれ」

「承知いたしました」

「たのんだよ。あ、それから酒を、な」

「はい」

小女は出て行った。

滝久蔵は、小村家の養子となったのだから、小村久蔵とよぶのが正しい。

手紙には、

「本郷五丁目の瓢箪屋にて待つ。急用あり、おこし願いたい。陽岳寺《ようがくじ》和尚《おしよう》」

と、記したのみであった。

今日の小兵衛は、羽織・袴《はかま》をつけ、大小の刀を帯していた。

運ばれて来た酒を、小兵衛がゆっくりと飲むうちに、小女がもどって来て、

「間もなく、こちらへおいでになるそうでございますよ」

「そうか、そうか。ありがとうよ」

「あるじは、いま、手があきませんので、若い人に行ってもらいました。あの組屋敷へは、よく出前にまいりますので」

「それは、ちょうどよかった」

「では……」

「酒を、もう一本たのむ」

「はい」

今日は晴れわたって、昼どきの客が出て行った後の店内は、しずかであった。

小村……いや、小兵衛にとっては、滝久蔵があらわれたのは、それから間もなくのことだ。

「こちらでございます」

廊下で、小女の声がして、障子が引き開けられた。

まぎれもない、滝久蔵が廊下に立っていた。

久蔵は、怪訝《けげん》そうに小兵衛を見て、

「あの、陽岳寺の？」

「ばかもの」

おだやかにいったのだが、久蔵の顔色は、たちまちに変って、

「ばかとは何だ。おぬしは何者だ？」

「だから、ばかものだというのだ」

「何！」

「これ久蔵。きさまは、師匠の顔を忘れてしまったのか？」

「しょう？」

「秋山小兵衛だ」

「あっ」

滝久蔵は、やっと、おもい出したらしく、立ちすくむかたちとなった。

どこかで、飴《あめ》売りの太鼓が鳴っている。

「久蔵。まあ、入れ。障子を閉めろ」

よろめくように、座敷へ入って来た久蔵が、

「こ、これは、秋山先生。まことにもって失礼を……」

「ふん」

「お久しぶりでございますなあ」

「いや、先ごろ、お前の顔を見ているよ」

「ど、何処《どこ》で？」

「深川の万屋《よろずや》という蕎麦屋でのう」

「……………」

「きさま、万屋の亭主に叩《たた》き出されたではないか」

「あ……」

「きさまの無外流《むがいりゅう》は、そんなものだったのか。そうだろう、そうだろう。うまくなったのは口先ばかりらしい」

「先生。実は……」

「おい。お前は、その口先ひとつで、このわしの恩人を殺したそうだな」

「えっ。ま、まさか、そのような……」

「その恩人の名を聞かせてやろうか、どうじゃ?」

「は。ぜひとも、うけたまわりとう存じます」

「それほどに聞きたいか?」

「その人を殺したというのは、おだやかではありません。ぜひとも、お聞かせ下さい」

「うふ、ふふ……」

「せ、先生……」

「その人の名は、平松多四郎という」

「え……」

顔色が蒼《あお》ざめたとおもったら、滝久蔵は、瘧《おこり》のようにふるえ出した。

「その平松多四郎には一子があって、お前を、父の敵《かたき》とおもっているが、どうする?」

久蔵のふるえは、また一層、ひどくなってきた。

「多四郎の子は、平松伊太郎という」

こういって、小兵衛が久蔵の顔を凝《じっ》と見た。

小兵衛の両眼《りょうめ》がかっと見ひらかれ、その光は、久蔵の目の光を吸い込んでしまうかのようだ。

これぞ、まぎれもなく、剣客《けんかく》・秋山小兵衛の目であった。

久蔵の手も足も、五体そのものがわなわなとふるえている。

「これ、久蔵」

久蔵のこたえはなかった。

「わしはな、その平松伊太郎の助太刀をするやも知れぬ」

凄《すご》く光る目を据えたまま、つぶやくように小兵衛がいうと、久蔵は、ぱっくりと口を開け、わけのわからぬことを低声《ていせい》でいった。

「よいか。だから、覚悟をしておけよ」

「う……」

そのとき、小兵衛が左手に大刀を引きつけ、右膝《ひざ》を立てた。

久蔵はふるえる両腕を突き出し、懸命に振りながら、

「せ、先生……」

いった途端に、小兵衛が声もなく大刀を抜き打った。

「あっ……」

ぴかっと刃《やいば》が光ったとおもったら、久蔵は、

「むうん……」

唸《うな》り声を発して、のけ反り、そのまま倒れた。気をうしなったのである。これで、小兵衛には、すべてがわかったようなおもいがした。さすがの久蔵も、恩を受けた小兵衛を口先でいいくるめることはできなかったのだ。

音もなく、刃は鞘《さや》におさめられ、小兵衛が立ちあがった。

あわれむかのように、倒れている滝久蔵を見下《みお》ろして、

「ばかものめ。道に外れたことをしたつぐないをせよ」

そういった小兵衛の声には、無限の愛情がこもっている。

だが、おそらく、久蔵の耳へは入らなかったろう。

しずかに、廊下へ出た秋山小兵衛は、通りかかった小女に、

「いま来た客が、気持ちを悪くして倒れている。なに、大したことはないから、水でも持って行っておくれ。すぐに帰るだろう」

やさしくいって、廊下から土間へ下りた。

「あの、お医者さまをよばなくても、いいのでございますか?」

「当人がよんでくれというなら、よんでやっておくれ。だが、それにはおよぶまいよ」

「はい」

「いろいろと面倒をかけたのう。ありがとうよ」

「お帰りでございますか?」

勘定をして、小兵衛は微風のように、瓢簞屋を出て行った。

## 四

その夜、空に雲が出て来た。

秋山小兵衛は、橋場《はしば》の船宿・鯉屋《こいや》で、平松伊太郎《いたろう》と落ち合った。ときに五ツ（午後

八時）ごろであったろう。

伊太郎は、地味な黒っぽい袷《あわせ》の着ながしに筒袖《つつそで》の羽織というか、半纏《はんてん》のようなものを着て、ちょっと得体の知れぬ姿になっている。

寒がりの小兵衛は、着ながしに、綿入れの羽織をつけ、脇差《わきざし》一つを腰に帯びただけで、先に鯉屋に着き、酒を飲んでいるところへ、伊太郎があらわれた。

伊太郎は、何か妙なものを大風呂敷《おおぶろしき》に包んで、小脇に抱えていた。

「何だえ、それは？」

問うや、伊太郎が声をひそめ、

「父の首を入れるのです」

「ほう」

「自分で箱をつくりました。半日もかかってしまいました」

「ま、熱い酒をのむ《の》がよい」

「ありがとう存じます」

「外は、あまり寒くないようだな」

「風もありませんし、月も出ていません」

「それは、ちょうどよい」

盃《さかずき》をほし、伊太郎の茶わんに酒をみたしてやってから、

「ときに伊太さん」

「はい?」

「念のため、あらためて尋《き》くが、お前さんは父の敵討《かたきう》ちをするつもりはない、といったね」

「そのとおりです」

「いまも、その心に変りはないかえ?」

「ありません」

「さ、もっと飲むがよい」

「あの……」

「何じゃ?」

「私、後で、握り飯をいただきたいのですが……」

「わけもないことじゃ」

ゆっくりと酒を飲み、熱い大根の味噌汁《みそしる》と漬《つ》けもの、煮豆などで腹ごしらえをする伊太郎は、このときもまた、別人のように落ちつきはらい、握り飯を三つも食べた。

小兵衛は、その様子を見て、

（これは、滝久蔵より伊太郎のほうが、人として数段、上だ）

と、おもった。

四ツ半（午後十一時）ごろまで、二人は鯉屋の奥座敷にいた。この間、秋山小兵衛は、亡《な》き平松多四郎のことを、伊太郎に語り聞かせた。

多四郎が男手ひとつに伊太郎を育てた苦労を、小兵衛はよく見知っている。

平松多四郎は、小兵衛に、こういって零《こぼ》した。

「よく泣きますので、夜半《よなか》に起き出して背負い、しばらくは遊んでやらぬと、なかなかに寝つきませぬ」

まだ、女中のお元《もと》を雇い入れなかったころで、お元が来るまでに、三人の女中がなかなか居つかず、中にはよい女中もいたが、これも暇をとってしまった。

「さようでしたか。少しも知りませぬでした」

「後のことは知らぬが、そのころは月に一度、わしは多四郎殿のところへ金を返しに行ったので、よく知っている。それに伊太さんは病弱でのう。そのための医薬の代を多四郎殿は少しも惜しまなかったものじゃ」

「父が、それほどに……」

「うむ。ありがたいとおもわねばならぬ」

「はい」

伊太郎は、素直にうなずいた。

「さて、そろそろ、まいろうかな」

「はい」

外へ出た二人は、用意の白張提灯《しらはりぢょうちん》へ火を入れ、

「伊太さんが先へ行け」

「はい」

橋場から西北の方へ、二人は歩み出した。このあたりは、大治郎の道場に近く、小兵衛は提灯がなくとも、道に精通している。

人家の灯《あか》りが遠くに見えた。そこが、山谷《さんや》・浅草町《あさくさまち》である。小塚原《こづかっぱら》の刑場は浅草町の近くにあった。

「伊太さん。昼間のうちに、首の在処《ありか》を、たしかめておいたろうな?」

「たしかに」

うなずいた伊太郎の声に乱れはなかった。万事に落ちつきはらい、肚《はら》が据《す》わっているように見える。小兵衛が見て、まことに意外だったが、伊太郎は、そうした自分に気づいてはいない。何事も無意識なので、ただもう、父の首を取りもどしたい一心な

のである。無我夢中でしていることなのだ。

畑道から、山谷・浅草町の通りへ出ると、彼方《かなた》の小塚原刑場に高張提灯《たかはり》が、いくつか、夜空に突き立っているのが見えた。

通りといっても、この辺りは、夜になると道行く人影も全く絶えてしまう。この辺りでの辻斬《つじぎ》り、強盗などは、めずらしくない。

伊太郎が、手にした白張提灯を、そのまま小兵衛にわたし、

「先生は、この辺りで、お待ち下さい」

と、いう。

「伊太さん、ひとりで大丈夫かえ?」

「大丈夫です」

しっかりとこたえる、その顔を、闇《やみ》の中に見やって、

「急に、胆《きも》がふとくなったのう。それほどなら、敵討ちもできるぞ」

小兵衛は、いまの滝久蔵なら、剣術の修行をしていない伊太郎にもかなわぬとおもった。

「ばかなことです。敵討ちなぞ。討つほうにも討たれるほうも、後になって、ろくなことはありません。私は、そうおもいます」

「そうじゃのう」

「では先生。行ってまいります」

「よし。気をつけてな」

「はい」

うなずいた伊太郎が、裾《すそ》をからげつつ、遠ざかって行く。そのひたひたという足音がすっかり消えてから、小兵衛も歩み出した。

伊太郎は、刑場の柵《さく》を越え、昼間のうちに見当をつけておいた、父のさらし首へ近寄って行った。

「こらあっ!」

突如、龕灯《がんどう》の光と共に、

「わりゃ、何者だ?」

刑場の番人が、わめき声をあげ、走り寄って来たかとおもったら、

「むうん……」

龕灯を、ほうり捨てて、番人が倒れ伏した。

刑場の中まで伊太郎に尾《つ》いて来た秋山小兵衛が、当身《あてみ》をくらわせたのだ。

「伊太さん、急げ」

「は……」

父の首を、手製の箱へ入れ、風呂敷《ふろしき》に包み、小脇《こわき》に抱えた伊太郎が、

「先生……」

「何もいうな。急いで外へ……」

向うからまた一つ、龕灯の光が、こちらへ駆け寄って来る。

「わしにまかせろ。お前は、早く逃げてしまえ」

伊太郎が柵を越え、道へ出たとき、またも別の番人の呻《うめ》き声がした。

前もって、小兵衛と打ち合わせた通り、伊太郎は先程、通って来た畑道へ入り、暗闇の中を泳ぐようにすすみはじめた。

しばらく行って、振り返って見ると、提灯の灯《ひ》が一つ、こちらへやって来る。これは秋山小兵衛のものであった。小兵衛は合図をするように提灯を二度三度と振って見せた。

「伊太郎、大丈夫かえ？」

「はい。御造作をおかけいたしまして……」

「なあに。だが、こんなことをしたのは、わしも初めてだよ」

「助かりました。かたじけのう存じます」

共に、ゆっくりと歩みながら、

「ときに伊太さん。これからどうする?」

「父の跡を継ぎます」

「というと、金貸しをやるつもりかえ?」

「さようです」

## 五

平松伊太郎《いたろう》は、父・多四郎の首を、市《いち》ケ谷《や》の道林寺《どうりんじ》という寺へ運んだ。

この寺には、伊太郎の亡母の墓がある。平松多四郎が四谷《よつや》に住んでいたころ、道林寺の天栄和尚《てんえいおしよう》とは親しかった。何となれば、二人は切っても切れぬ碁敵《ごがたき》だったからである。

「だれにも知れぬように、わしが多四郎殿の首をまもってやる。心配するな」

「なれど、刑場から奪い取ったものですから、お上《かみ》に知れましたら、和尚様に御迷惑がかかります」

「なあに、大丈夫じゃ。こんな貧乏寺にまで、お上の手は伸びて来《こ》まいよ。たとえ、役人どもが来ても、そんなものは、わけもなく追い返してくれるわ」

「では、父の首を、おあずけいたします」

「たしかに、あずかった」

天栄和尚も、なかなか肚《はら》が据わっている。

「さて、おぬしは、これからどうするのじゃ?」

「少しの間、江戸をはなれますが、すぐに、もどってまいります」

「そうか。では連絡《つなぎ》を絶やすな。わしのほうからも何かあれば、すぐに知らせよう。よいか」

平松伊太郎は、父の首を刑場から奪い取ることについて、これを密《ひそ》かに洩《も》らしたのは、天栄和尚と秋山小兵衛のみであった。

「この事を、秋山先生に打ちあけてみるがよい。そして、先生の御意見を、よくよく、うかがってまいることじゃ」

と、いったのは、四谷に道場を構えていたころの、秋山小兵衛の評判や人柄《ひとがら》を耳にしていたし、平松多四郎からも聞きおよんでいたからであろう。

伊太郎が、しばらくの間、身を隠すと聞いて、和尚は金二十両を餞別《せんべつ》によこした。

道林寺が、小さな貧乏寺であることを、よくわきまえている伊太郎が、しきりに辞

退すると、

「取っておけ。お前の父御が、この寺を大切にしてくれたことをおもえば、これは当然のことじゃ」

和尚は、そういって、むりやりに伊太郎へ金をわたした。

小兵衛のほうも、餞別をあたえて、

「伊太さん。江戸へもどったら、亡《な》き父御の跡を継ぐといったな？」

「はい。そのつもりです」

「そのときは、元手《もとで》が要るだろう。それはな、わしに少々、心づもりがあるから心配をするな。躰《からだ》に気をつけて、元気で帰っておいでよ」

「はい。ありがとう存じます」

伊太郎は、泪《なみだ》ぐんでいたようである。

こうして、伊太郎は江戸の地をはなれて行った。

本郷の家へ行ってみたが、亡き父の遺産は、すべて、お上に没収され、一文の金も残っていなかった。

伊太郎は、女中のお元には何もいわなかった。しかし、掻《か》きあつめた金と、天栄和尚がくれた餞別の半分をわたし、

「別れているのもしばらくのうちだ。江戸へもどったなら、また、お前と暮そうよ」

「ほんとうでございますか？」

伊太郎を、我子とも思って育ててきた女中のお元は嘆き哀《かな》しんだが、

「私は、女に嘘《うそ》をいわぬ男だよ」

伊太郎は、明るくはげました。

大胆にも、伊太郎は根津《ねづ》の越後屋《えちごや》へ行き、例の妓《おんな》お篠《しの》を抱いて、それとなく別れを告げた。それでも、お上の目は光っていないようであった。

伊太郎が江戸を去った後、小兵衛は、四谷の弥七《やしち》だけに事情を打ちあけ、その後の様子を調べてもらうことにした。

ところが、評定所《ひょうじょうしょ》も町奉行所も、平松伊太郎を追いかけている様子はないということだ。探りもしない。本郷の平松家へ近寄った様子もない。つまり、お上は、知らぬ顔をしているようなのだ。

「これは、やはり、お上のほうに落度があったのでございましょうね」

弥七は、そういった。

「お前も、そうおもうかえ？」

「はい。それでなけりゃあ、私のほうにも何とか、お達しがあるはずでございます

よ」

「いかにも、そうであろうな」

「これは、近頃《ちかごろ》のお上の悪い癖なんでございます」

「おのれの裁きの間ちがいをみとめたことになるというのだな?」

「大きな声ではいえませぬが……」

「では、小さな声でいうがよい」

「はい。これは大《おお》先生。伊太郎さんが、このうえ何もしないかぎり、お上のほうでは、伊太郎さんを咎《とが》めるつもりはないとおもいます」

「ふうむ。そうか……」

「尚《なお》、気をつけて探ってみますでございます」

「たのむ」

「こういうことは年に一度や二度あるものなので……」

「たまったものではないな」

「せめて、私どもの手にかかった事件《こと》ならば、決して見逃すことではございませんが、えらいのが、人に見られぬところで、こっそりと仕てのけるのでございますから、どうにもなりません」

「そうか。そうだろうな」

秋山小兵衛は、めずらしく深刻な顔つきになって、

「これはやはり、平松多四郎は、あの顔で損をしたのじゃな」

「私も……」

ちょっと口ごもった弥七が、うつむいて、

「私も、そうおもいますでございます」

呻《うめ》くように、いった。

六

四谷《よつや》の弥七《やしち》と傘屋《かさや》の徳次郎が探り出したところによると、伊丹《いたみ》又十郎は、駒込《こまごめ》・片《かた》町《まち》の吉祥寺《きっしょうじ》裏の、元は植木屋だった小さな家で、二人の浪人と共に住み暮していたらしい。

「ときどき、一人、二人と妙な浪人がやって来るようでございますよ」

「いずれ、無頼の浪人どもであろうが、また何ぞ、たくらみごとでもしているのかな?」

と、小兵衛。

「大先生には手も足も出ねえものでござんすから、何か、新しい悪事の相談でもしているのじゃあございませんかね」

「ふうむ。もしも、そうだとすると、捨ててはおけぬな」

「そのことでございます」

弥七は膝《ひざ》をすすめて、

「今度は、もっと近寄ってみて、あいつらの話し声を聞こうとおもっているのですが、これもなかなかに、むずかしいことでございます」

「いや、むりをするな。いまのところは、これでよい。ところで弥七。今年も押しつまってきたのう」

「はい」

「今年も、いろいろなことがあった。あっという間に一年が過ぎてしまったわえ」

「全く、一年が早《はよ》うございますねえ」

「弥七は来年、いくつになる？」

「四十五になります。先だって申しあげたばかりでございますよ」

「そうだったかのう。どうも近ごろは物忘れがひどくなって困る。のう弥七。一年の早さが、ほんとうにわかるのは六十をすぎてからじゃ。まだ十五年もある」

「十五年……」

「そのときのお前がどんなになっているか、見たいものだな」

「もう、あの世へ行っているかも知れません」

「いや、わしのほうが一足先に行き、待っていようよ」

小兵衛は、そう信じていたのだが、十五年たってみると、弥七は、この世にいなかった。そして、秋山小兵衛は、まだ生きていたのである。

天明《てんめい》四年(一七八四年)も、暮れようとしている。

そのころ、こんなうわさが小兵衛の耳へ入ってきた。

それは、来年早々にも、老中《ろうじゅう》・田沼主殿頭意次《とのものかみおきつぐ》に、加増の沙汰《さた》があるというものであった。

それも、かなり、大きな禄高《ろくだか》が加増になるというのだ。

この春、江戸城中で、田沼意次の嗣子《しし》・意知《おきとも》が佐野善左衛門《さのぜんざえもん》という下級幕臣に殺害されて以来、田沼意次は、跡継ぎの息子を失い、非常に気落ちして、江戸城でのつとめはしているけれども、終日、一言も物をいわぬ日もある。ゆえに、この加増のうわさを聞いた田沼家の士《もの》は大いによろこんでいるそうな。

このことを、秋山小兵衛につたえたのは、息《そく》・大治郎であり、田沼家に仕えている飯田粂太郎《いいだくめたろう》であった。

「ふうむ……」

よろこぶとおもいのほか、小兵衛は低く唸《うな》って、沈思してしまった。小兵衛が、考え込んでいる時間は長かった。

「父上。これは、この春の異変について、将軍家も御老中を気の毒におもわれているのではありませぬか？」

「そうやも知れぬが、わしは……」

「父上は？」

「その後に、何やら悪い事が起きるような気がする」

「まさか……」

「いや。このことはだれにも口外するな。わしだけのおもいすごしやも知れぬ」

大治郎も、その通りだとおもった。

だが、小兵衛の予感が適中するのは、翌々年の天明六年になってからである。

それはさておき……。

年も、いよいよ押し詰った十二月三十日の午後になって、四谷の弥七は、女房が経営している料理屋〔武蔵屋《むさしや》〕の板前が、念入りにこしらえた節料理《せちりょうり》を重箱へ詰めさせ、これを傘徳に持たせ、小兵衛の隠宅へ行った。

大川《おおかわ》（隅田川《すみだがわ》）の上《かみ》から吹きつけてくる川風が冷めたく、空は雲ひとつなく、鏡のように晴れわたっていた。

「う、うう」

傘屋の徳次郎は、身ぶるいをしながら両国橋をわたって、

「こいつは、たまったものじゃありませんねえ」

しゃべりかけるのを、弥七が、

「叱《し》っ」

と、制した。

年の暮もせまったこととて、両国橋を行き交う人々は、数も多いし、足も速い。

「親分。どうなすったんで？」

問いかける傘徳の袖《そで》を引いて、弥七が物蔭《ものかげ》へ連れて行き、

「おい、徳。あれを見ねえ」

と、顎《あご》をしゃくった。

「え？」

いましも橋をわたって来る二人の浪人は、笠《かさ》に面《おもて》を隠しているが、弥七と傘徳の目はくらませなかった。

浪人の一人は、何度も尾行して、いまは二人の目に灼《や》きついてしまっている躰《からだ》つきであり、歩みぶりであった。

「伊丹又十郎」

傘徳がささやくのへ、弥七はうなずいて、

「お前ひとりで大丈夫なら、後を尾《つ》けろ。おれは先に、大《おお》先生のところで待っている。いいか？」

「合点《がってん》です」

弥七は、そのまま、鐘《かね》ヶ淵《ふち》の隠宅へ向った。

秋山小兵衛は在宅していて、おはるに命じ、すぐに酒肴《しゅこう》の用意をさせた。

一刻《とき》（二時間）ほど語り合っていると、徳次郎が駆けつけて来た。

「あれから二人は、亀沢町《かめざわちょう》の方へ行きました」

という徳次郎の言葉を聞いて、小兵衛の顔色がわずかに変った。亀沢町には、町医者の小川宗哲《そうてつ》が住んでいる。

そして宗哲は、山崎勘之介《かんのすけ》の傷の治療をしてやった。

いまの勘之介は、生駒筑後守《いこまちくごのかみ》邸にいて外へは出ないらしいが、時折、小川宗哲が傷のぐあいを診に行ってくれているそうな。

二人の浪人は、小川宗哲の家の前と裏手を、それとなく見廻《みまわ》ってから、両国橋の東《ひがし》詰《づめ》へ引き返し、有名な蕎麦屋《そばや》の〔原治《はらじ》〕へ入った。徳次郎も後から入って行くと、浪人たちは入れ込みではなく、奥の座敷へ入って行くのが見えた。

徳次郎は、入れ込みの一隅《いちぐう》へ坐《すわ》り、酒を注文した。

例によって原治の入れ込みは大入り満員であったが、しばらくすると、表から、三人の浪人が入って来て、小女《こおんな》に何かささやくと、小女はうなずき、三人を、伊丹又十郎が入って行った座敷へ案内したのである。

間もなく、伊丹又十郎だけが出て来て、廊下へ送って出た浪人たちへ、

「おぬしたちは、ゆっくり、やってくれ」

そういって、外へ出て行った。

傘徳が、すぐに、その後から出て見ると、又十郎が、ゆっくりと、両国橋を浅草の方へわたって行くのを見出《みいだ》した。

「又十郎は駒込へ帰ったとおもいまして、取《と》り敢《あ》えず、こちらへ駆けつけてまいったのでござんす」

傘徳が、そういうと弥七は、

「これは大先生。あいつらは、もしや、宗哲先生へ手を出すつもりではございませんかね?」

小兵衛は眉《まゆ》をひそめ、

「いずれにせよ、金を出しているのは旗本の木下家だから、山崎勘之介をぜひとも討つつもりか……?」

「大先生には手が出ないものだから、宗哲先生を引《ひ》っ攫《さら》うたくらみをしているのではございませんか?」

伊丹又十郎は、小川宗哲を誘拐《ゆうかい》し、拷問《ごうもん》にかけても、勘之介の居どころを吐かせるつもりなのか。そのようなことなら、平気で仕てのける又十郎だ。

「ふむ。ともかく、宗哲先生から目を離さぬことじゃな」

「はい。本所《ほんじょ》には、親しくしている御用聞きが何人もおりますから、すぐに声をかけましょう」

腰をあげかける弥七へ、

「何かと金が要るだろう。取り敢えず、これを」

小兵衛は、二十五両包みを気前よく出した。

「大先生。こんな大金は……」

「ま、持って行け」

四谷の弥七のみならず、傘徳にしても、いまは隠居の身の秋山小兵衛のふところから、こうした金が惜しみなく出ることが、かねてから、ふしぎでならなかった。小兵衛を知る者は、だれしも、そうおもっているにちがいない。

弥七と傘徳が、あわただしく出て行った後で、小兵衛は納戸《なんど》へ入り、刀箪笥《かたなだんす》を引き開けた。

そのまま、いつまでたっても出てこない。おはるが納戸をのぞいて見ると、小兵衛は刀箪笥の前にうずくまり、身じろぎもしない。

「どうしたのですよう？　まさか、躰のぐあいが悪いのではないでしょうね？」

「…………」

「先生。もし、先生ったら」

「うむ」

うなずいた小兵衛が、腰をあげ、右膝を立てた。選ぶ刀が決まったようだ。

その大刀は、粟田口国綱《あわたぐちくにつな》二尺三寸一分のものであった。

「久しく、遣っていないが、これでよかろう」

だれにともなく、小兵衛はつぶやき、おはるを見てにっと笑った。その笑顔は、おはるにとって、何か不気味なものに感じられた。

# 霞《かすみ》の剣《けん》

## 一

新しい年、天明五年（一七八五年）が来た。

秋山小兵衛《こへえ》六十七歳。おはるは二十七歳になった。

そして、秋山大治郎《だいじろう》は三十二歳、妻・三冬《みふゆ》は二十七歳。その子・小太郎《こたろう》は四歳ということになる。

無頼浪人どもは、依然、本所《ほんじょ》の小川宗哲《そうてつ》宅周辺に出没しているらしい。しかし、四谷《よつや》の弥七《やしち》のほうでも油断なく見張っていた。

本所の緑町三丁目には、金五郎という御用聞きがいて、これが、弥七とは同じ年ごろでもあって、気が合い、何かと助け合っている。

弥七が事情を打ち明けると、

「いいとも。おれにまかせておきなせえ」

「だが金五郎どん。こいつは、あくまでも内々《うちうち》のことなのだよ」

「お、そうか。よし、わかった」

金五郎は引き受けて、手の者を出し、浪人どもから目をはなさぬ。金五郎のことは、小兵衛も知っているし、金五郎も小兵衛をよく見知っている。小兵衛は安心をした。

「いざというときには、お上《かみ》の手で引《ひ》っ括《くく》ってしまいますから、いつでも、お声をかけて下さいまし」

「宗哲先生はいまでも、山崎勘之介《かんのすけ》殿の治療《てあて》に生駒《いこま》様の屋敷へ通っていなさるのかえ？」

「はい。三日に一度ほどでございますがね」

「ほう。それでは勘之介殿の傷も大分、よくなってきたようだの」

「はい。そのようでございます」

山崎勘之介が生駒邸内に囲《かく》まわれていることを、浪人どもは知っていない。たとえ、彼らが、生駒邸へ入って行く宗哲を尾行したとしても、いまのところは大丈夫だ。

「弥七。伊丹《いたみ》又十郎は、その後、本所へあらわれぬか？」

「はい。少しも姿を見せませぬ」

そのかわり、ちかごろの又十郎は、船宿の舟をつかい、大川《おおかわ》(隅田川《すみだがわ》)へ出て、鐘《かね》ケ淵《ふち》のあたりまでやって来るという。ときには葦《あし》の間に舟を停《と》め、秋山小兵衛の隠宅を、外側から見まもり、長い間、うごかぬこともあるそうな。

そういうところから看《み》ると、まだ、又十郎はあきらめていないのではないか。まだ、小兵衛を討つつもりでいるのではあるまいか。

「弥七。又十郎は駒込《こまごめ》に住んでいるといったが、その辺りの様子を、ひとつ、お前の目で見て来てくれぬか?」

江戸から姿を消した、平松伊太郎《いたろう》からは、その後、なんの消息もない。しかし、お上が伊太郎を探索している様子はなく、むしろ、その気配すらないといったほうがよい。やはり、四谷の弥七の推測のとおりらしい。

念のため、傘屋《かさや》の徳次郎を根津《ねづ》へさし向けて調べさせたが、なじみの妓《おんな》お篠《しの》がいる〔越後屋《えちごや》〕にも、伊太郎はあらわれていない。

(ま、伊太郎のことは、心配はないであろう)

小兵衛は、そうおもったが、問題は伊丹又十郎である。

これとても、ほうり捨てておけばよいようなものだが、他の人びとに迷惑をかけるようになれば、

（捨ててはおけぬ）

このことであった。

小川宗哲の身に害がおよぶようなことになったら、取り返しがつかない。それでなくとも、伊丹又十郎は、何人もの無頼浪人を手下にしているのだから、彼らにあたえる金を手に入れるためには、相応の悪事をはたらいていると看て間ちがいはない。

新年ともなれば、隠宅へ、つぎつぎに人があらわれる。

その中に、駿河屋《するがや》八兵衛《はちべえ》もいた。

〔駿河屋〕は、外神田《そとかんだ》の佐久間《さくま》町で人宿《ひとやど》をやっている。

人宿とは、つまり口入屋《くちいれや》のことで、奉公口の周旋や仲介をする業者のことである。

駿河屋の先祖は、初代将軍・徳川家康《いえやす》が江戸へ移って来たとき、同時に移住して来たとかで、町家のみならず、武家屋敷へも中間《ちゅうげん》などを周旋する。

また、駿河屋八兵衛は、秋山小兵衛の弟子でもあった。

「これからは、世の中が物騒になるばかりでございますから、町人といえども、武術の一手《ひとて》二手《ふたて》は心得ておきませぬと……」

駿河屋は、そういって、入門をゆるされた。

そのとき、駿河屋は三十前後であったろう。それだけに、若い門人たちにまじり、剣術の稽古《けいこ》をするのは辛《つら》かったろうが、よく辛抱をして、小兵衛が四谷の道場を閉ざすまで、稽古をつづけた。

年齢《とし》が年齢だけに、大きく伸びるわけには行かなかったが、

「稽古をしていただくことによって、私の目がひらけました」

駿河屋は、そういった。

そして、いまは本業のほかに、一種の仕法家のようなこともするようになっている。

仕法家とは、現代の経営コンサルタントのようなもので、町家からも武家からも、いろいろと相談を受けるらしく、そのほうの収入もなまなかのものではないという。

読者は、〈剣客商売《けんかく》〉の内の〔金貸し幸右衛門《こうえもん》〕という一篇を記憶しておられるだろうか……その、浅野幸右衛門という金貸しは、秋山小兵衛に大金千五百余両を遺《のこ》して、世を去っている。その後、小兵衛は、この遺金をどうしたらよいかと考え、強《し》いていうなら世の人助けのためにつかうことにした。

そのために、四谷の弥七その他の人びとへあたえる金にも、つかってきたのである。

三百両ほどつかったとき、残りの千二百余両を、駿河屋八兵衛へ預けることにした。

「よくわかりましてございます。たしかに、お預りいたしました」

駿河屋は金を引き取って行ったが、ただ預っているだけではなく、有意義なところ

へ投資しているらしく、現在では、千五百両を越えているし、時折、隠宅へあらわれ、利益の金を小兵衛へ置いて行くのである。

小兵衛は、よく駿河屋八兵衛に、

「あの金は、お前に預けておく。お前なら、わしが、あの金を、どのようにつかっているか、よく心得ているはずゆえ、わしが、もし急に死ぬようなことがあったら、うまく、世に生かしてつかっておくれ。いいかえ、たのんだよ」

そういってある。

「いえ、そうなりましたときは、御新造様《ごしんぞ》へ……」

「いや、あの金は、決して、私《わたくし》すべきものではないのじゃ。わしやおはるのことなら心配するな。どうにかなるようにしてある」

「はい。よく、わかりましてございます」

だが、小兵衛は九十三歳まで生きて、駿河屋八兵衛は十年先にあ、、の世へ旅立ってしまうことになる。

さて……。

一月も、わずかの日を残すばかりとなった。

ある日。四谷の弥七が来て、旗本・木下主計《かずえ》の病死を告げた。

「そうか、死んだか……」

山崎勘之介を討ち取るまでは、何としても生きていたかった木下主計も、病いには勝てなかった。

それとは別に、老中《ろうじゅう》・田沼意次《おきつぐ》が河内《かわち》・三河《みかわ》を合わせて、五万七千石の加増になったことを、小兵衛は知った。

うわさは、やはり、本当だったのである。

二

この小説で、しばしば書きのべてきた一橋治済《ひとつばしはるさだ》の勢力は、依然として幕府の中において強い。いや、ますます強大になりつつある。

将軍の親族で、幕府の藩屛《はんぺい》の一、一橋家の当主・治済は、長男を次代の将軍候補として幕府へ送り込み、御三家といわれる紀州・尾張《おわり》・水戸の諸家とも縁をむすび、いわゆる徳川幕府の藩屛三家三卿《さんきょう》を、ことごとく自分の血で固めることになる。

裏では、一橋治済のことを、

「陰の大御所」

と、よんでいるほどに、幕府（国政）の実権をにぎり、権力をほしいままにしつつあるといってよい。

中には、徳川幕府ではなくて、

「一橋幕府も同然」

などと、いう人もあるほどであった。

このときに、田沼意次《おきつぐ》の加増があったということは、秋山小兵衛の直感によると、

（何やら、不気味なこと……）

のように、おもえてならない。

田沼老中は、現将軍・家治《いえはる》と固くむすびついているから、加増は、家治の意志なのやも知れぬ。

去年、我子の意知《おきとも》が江戸城中において暗殺されてしまった田沼の心中をおもい、田沼をなぐさめようとしての慮《おもんぱか》りがあったのやも知れぬ。いまの将軍家治は賢明で、質実な性格だったから、田沼としても、一所懸命に仕えた。けれども、家治という将軍は躰《からだ》が弱く、いつも病気が絶えない。これで、もし、家治が死ねば、一橋治済が家治の養子に入れた男子が十一代目の将軍になる公算が大きい。

そうしたことをおもうにつけ、秋山小兵衛は、どうしても、素直によろこべなかっ

た。

田沼邸では、一応、喜色に包まれたが、その後は、田沼老中の命《めい》もあって、意外に、ひっそりとしているそうな。

田沼は相変らず、江戸城に出仕しているが、気色はすぐれず、政治に対しての意欲を失っているらしい。

「のう、大治郎」

と、あるとき小兵衛が、

「孫の小太郎が、お前の年ごろになるころには、世の中が引っくり返るようなことになるぞ」

「そうでしょうか？」

「わしは、そうおもう。わしは、そのころ、この世にはいまいが、この目で、その世の中を見とどけたいような気もする」

小兵衛の顔つきは、暗かった。

その翌日から、秋山小兵衛は、大治郎の家へ身を移した。

「いったい、どうしなすったのですか？」

おはるが問うと、

「いや、年の所為《せい》か、近ごろ躰が鈍《なま》ってしまったようだから、大治郎に少し稽古《けいこ》をつけてもらおうとおもってな」

「稽古って、剣術の?」

「そうじゃ。きまっているではないか」

「あれ、まあ」

「せがれにも、教えてやることがある。まあ、長いことではない。五日もあれば……」

いいさして、小兵衛は黙り、明るい日ざしがみちわたった庭先へ目を移し、

「おはる。なんだか、春めいてきたようだのう」

「ほんに」

ところで、御徒士組《おかちぐみ》の小村家へ養子に入った滝久蔵《たききゅうぞう》のことだが……。

久蔵は、病気と称して、ずっと勤務をやすんでいるという。これは、四谷《よつや》の弥七《やしち》が探って来たものだ。

久蔵にとっては、何といっても、あの日、蕎麦屋《そばや》で秋山小兵衛に、きびしく叱《しか》りつけられ、場合によっては、小兵衛が平松伊太郎《いたろう》の助太刀をするやも知れぬと釘《くぎ》を刺されたことが、激しい衝撃であったといえよう。

小村家の女中が、

「今度の旦那《だんな》様は、蒼《あお》い顔をして、一日中、蒲団《ふとん》の中へもぐり込んでいなさる」

と、いっているそうだ。

秋山小兵衛が、大治郎宅へ移ってから三日目の夜も更《ふ》けてから、四谷の弥七が駆けつけて来た。

「大《おお》先生。小川宗哲《そうてつ》先生が急に消えてしまいましてございます」

いつになく、弥七の顔色が変っていた。

「何じゃと?」

小兵衛と弥七の連絡は、いまも密接になっている。

弥七によると、この日の午後から、宗哲の姿が見えなくなり、夜に入っても帰って来ないというのだ。

小兵衛は、宗哲が外出の折は、必ず、〔駕籠駒《かごこま》〕の駕籠を使うように、念を入れておいた。

だから、山崎勘之介の治療に、生駒邸へおもむくときなどは、きまって駕籠駒から迎えに行く。

だが、この日は、

「ちょっと川向うまで行って来る。すぐもどるから心配するな」

いいおいて、ふらりと外へ出て行った。それっきり帰って来ない。

いつもは、本所の金五郎の手先が、宗哲の出入りには注意しているのだが、この日、このときは目を離していたらしい。

夜になって、心配をした医生の佐久間要《さくまかなめ》が、金五郎へ知らせたので、大さわぎとなったのである。

「これは大先生。宗哲先生が引《ひ》っ攫《さら》われたのではございませんか?」

「だれに?」

「私の勘ばたらきでは、伊丹《いたみ》又十郎だとおもいますが……」

「ふむ」

「いま、徳次郎を駒込《こまごめ》へ走らせて、又十郎一味の様子を探らせておりますが、どのようにいたしたらよろしゅうございましょう?」

うなずいた小兵衛の表情が、一瞬、引きしまって、

「こうなれば、お上《かみ》の手をわずらわすこともあるまい」

「と、おっしゃいますのは?」

「わしが行こう。いずれにしても、決着をつけなくてはならぬことじゃ」

何やら、打ち合わせをすませて、弥七は出て行った。

「父上。私が御供《おとも》をいたします」

と、大治郎。

「ふむ。それもよかろう。今日まで三日間、お前が、わしの相手をしてくれたのだからな」

「では」

立ちあがった大治郎が、次の間にいる妻の三冬に、何かいいつける声が聞こえた。

昨日は、汗ばむほどに暖かかったが、今夜は冬のように冷える。

三冬は台所に入って、いそがしく、はたらきはじめたようだ。

小太郎は、小兵衛の傍《そば》で、ぐっすりと眠っていた。

(伊丹又十郎は、先夜、わしのところへ押し込んで来たとき、どうしようもなく、あわてふためき、逃げ去ったが、あれであきらめたわけではなく、機を窺《うかが》っているにちがいない。何年もかかって修行を積んできたのだから、決して侮《あなど》ってはならぬ)

小兵衛は、そうおもっている。

なればこそ、この三日間、大治郎の道場へこもって、小兵衛は初心にかえり、無外《むがい》流《りゅう》の稽古をしていた。

していうちに、稽古に没入して、おもしろくなり、

(何やら、若返ったような……)

気分になってきた、小兵衛なのである。

稽古といっても、真剣を抜き、大治郎を相手に、無外流の、さまざまな型をつかったのだ。

「仕度がととのいましてございます」

三冬の声がした。

「すまぬのう。厄介《やっかい》をかけたな」

腹ごしらえの仕度は、粥《かゆ》であった。

三冬が摘んだ嫁菜《よめな》が入った粥に生卵が落し込んであった。

「おお、これはよい。ちょうどよい」

小兵衛は大いによろこび、大治郎と共に二椀《ふたわん》を腹におさめた。

そこへ、

「大先生。お迎えにまいりました」

駕籠駒の駕籠舁《か》き千造《せんぞう》の声がした。

道場の前に、駕籠が二挺《ちょう》。

秋山小兵衛は、粟田口国綱《あわたぐちくにつな》の大刀を引っ提げて外へ出た。

冷気が小兵衛の躰を抱きすくめたが、空いちめんの星に、

「おお……」

おもわず、見とれた。

見送りに出た三冬も、嘆声をあげ、空を見上げた。

両刀を帯した大治郎があらわれた。

二人を乗せた駕籠は、大川沿いの道へ向った。

駕籠の中から、小兵衛がいった。

「千造。ゆっくりでよいぞ」

三

秋山父子《おやこ》を乗せた駕籠《かご》は、上野へ出て、湯島の切通しを上り、本郷通りを北へすすむ。

二挺の駕籠につきそっているのは、四谷《よつや》の弥七《やしち》ひとりきりであった。

小兵衛は、駒込《こまごめ》の肴町《さかなまち》の辺りまで来ると、

「千造。この辺りでよい」

声をかけて、駕籠から下りた。

この日の秋山小兵衛は、例により、羽織に軽衫《かるさん》ふうの袴《はかま》をつけ、国綱の大刀を帯していたが、差しぞえは脇差《わきざし》ではなく、小さな短刀のみで、竹の杖《つえ》も手にしていない。

「お帰りはどうなさいます。どこかで待っていなくともよろしいので？」

千造がいうのへ、

「帰ってよい」

こたえた小兵衛が、

「弥七。たのむぞ」

「はい」

四谷の弥七が先へ立ち、その後から、秋山父子がゆっくりとついて行く。

夜の闇《やみ》は、まだ、濃かったけれども、どことなく、黒の闇の中に紫の色がまじってきているようだ。朝が近づいてきていることがわかる。

吉祥寺《きつしようじ》は、まだ少し先であるが、その手前の駒込・片町《かたまち》の辺りまで来ると、弥七は細い道を右へ曲がった。

曲がりくねった道は突き当って、左右にわかれる。弥七は左へ曲がった。

なるほど、この一帯には植木屋が多い。

道の両側は竹藪《たけやぶ》と木立ばかりで、その間に、わら屋根の植木屋がある。植木屋だけに前庭が広く、そこは商売物の、大小の植木で埋めつくされている。

しばらく行くと、前方から提灯《ちょうちん》が近寄って来た。見張りをしていた傘屋《かさや》の徳次郎だ。

「徳。様子はどうだ？」

「しずまり返っています」

「宗哲先生は、押し込められているようか？」

「わかりません。伊丹又十郎も浪人たちも、寝てしまっているようでござんす」

「手配りは？」

「本所の金五郎親分が、五人ほど連れて来てくれました」

「よし、わかった。さ、行こう」

道は、吉祥寺の裏手へ、さしかかってきている。

辺りが、水の底のように浮きあがって見えてきた。

小兵衛は手にした提灯の火を吹き消して捨て、羽織をぬぎ、徳次郎へわたし、袂《たもと》から革紐《かわひも》を出し、襷《たすき》をかけた。その手ぎわは、目にも止まらぬほど速かった。

道の左側に、畑がひろがってきた。

「大先生。あれが又十郎の家でございます」

弥七が指さすところを見ると、畑の中の雑木林の中に、わら屋根の家が一つある。

その辺りから、提灯が二つ、駆け寄って来た。本所《ほんじょ》の御用聞き・金五郎と、その手下であった。

「おお、御苦労じゃのう」

「大先生。お久しぶりでございます」

「このたびは、すまぬ」

「とんでもございません。小川宗哲先生を、お助けすることは、本所の者にとって、当り前のことでございます」

「たのむぞ。伊丹《いたみ》又十郎は、わしが引き受けるから、あとの浪人どもを引っ捕えてくれ」

「承知いたしました」

又十郎の家は、もと、植木屋だったというが、ちょっと小高い高処《たかみ》になってい、垣《かき》根《ね》に囲まれていた。

前庭は、植木がないので、かなり広い空地になっており、裏手に石井戸がある。

小兵衛たちが着くと、木蔭《こかげ》から、金五郎の手の者五人があらわれた。

小兵衛は、用意の竹筒の水筒から水をのみ、呼吸をととのえ、大治郎に水筒をわたした。

他の者は、息をのんで秋山父子を見まもっている。

「弥七。こちらは、いつでもよいぞ」

「では……」

弥七は後へ残り、金五郎が手下たちをひきいて、裏手へまわって行く。

間もなく、裏手で、手製の板木《ばんぎ》を打ち叩《たた》く音が起こり、

「火事だ、火事だあ」

金五郎たちが、けたたましい叫び声をあげる。

秋山小兵衛は、まだ、大刀を抜かず、しずかに家の表へ近寄って行った。

「火事だあっ。燃えているぞ、燃えているぞう！」

家の中で、物音が起こった。目ざめたらしい。

板木が鳴る。

叫び声と共に、戸を打ち叩く音もする。

と……。

いきなり、表の戸が引き開けられ、飛び出して来た男がいる。浪人者だ。

「それ」

小兵衛の声に、大治郎が駆け寄って、たちまち、峰打ちに、打ち倒した。

つづいて、また一人、表へ飛び出して来た男がいる。

伊丹又十郎であった。

四谷の弥七が、又十郎の背後を擦りぬけるようにして、家の中へ飛び込んだ。

裏手からも、金五郎たちが戸を打ち破って、家の中へ飛び込んだようである。

「手がまわった」

「み、みんな、逃げろ!」

わめく浪人たちの声が、表まで聞こえてくる。

小兵衛が一歩、すすみ出て、

「伊丹又十郎。秋山小兵衛じゃ」

声をかけたが、まだ、刀は抜かなかった。

又十郎は、いぶかしげに、小兵衛を見やった。

(何故、刀を抜かぬか?)

このことである。

だが、小兵衛の左手は、あきらかに大刀の鯉口《こいぐち》を切っている。

「む……」

伊丹又十郎は、大刀を抜きはなち、しばらく小兵衛を睨《にら》んでいたが、何とおもったか、その大刀を再び鞘《さや》へおさめてしまった。

小兵衛が、無外流の居合をつかって一気に勝負を決する構えと、看《み》て取ったのだ。

（よし。それなら、おれも居合で……）

そうおもって、又十郎は大刀を鞘におさめたのであろう。

果して、又十郎は、かなりの修行を積んでいるものと看てよい。じりっと腰を落し、一歩すすみ出た身構えには、寸分の隙《すき》もなかった。

無外流・居合の間合いは、九歩といわれている。

両者は、たがいに、また一歩を詰め合った。

空が、白《しら》みかけている。

どこかで、夜明けを告げる鶏《とり》の声がした。

薄紙を剥《は》がすように、夜の闇《やみ》が消えつつある。

小兵衛は、無言であった。又十郎も声をあげなかったが、その躰《からだ》から、凄《すさ》まじい殺気がふき出してきた。

一歩、二歩……。

秋山大治郎は息をのんで見まもっている。

屋内では、浪人一味を捕えにかかった弥七と金五郎たちの乱闘がはじまっていた。

また、一歩、さらに一歩……。

その響《とよみ》も聞こえぬかのように、小兵衛と又十郎は対峙《たいじ》している。

「鋭《えい》！」

又十郎の気合声と共に、暁闇《ぎょうあん》が揺れて、ぴかっと刃《やいば》が光った。

光ったかとおもうと、二人がぱっと飛びはなれている。

小兵衛の粟田《あわた》口国綱《ぐちくにつな》は、鍔鳴《つばな》りの音もなく、鞘に吸い込まれた。

両者の居合は、共に決まらなかったらしい。

伊丹又十郎は大刀を鞘におさめず、正眼《せいがん》に構えた。今度は居合でなく、闘うつもりなのか……。

小兵衛の腰は、さらに沈んだ。

沈めた腰をそのままに、じりっ、じりっ、と小兵衛が又十郎にせまって行く。

一歩退《さが》った又十郎も、必殺の意気込みを太刀先にこめ、またしても、間合いを詰めはじめた。

秋山大治郎が見て、双方が間合いに、

（入った……）

と、感じた瞬間であった。

「む！」

ちょっと形容しがたい、唸《うな》り声のような声が、小兵衛の口から発した。

その一瞬前に、伊丹又十郎は飛び退《しさ》ろうとしたようだが、大治郎の目にも、あきらかではなかった。

大刀をつかんだ又十郎の手首が切り落され、地に落ちたのを、大治郎ははっきりと見た。

「う、うう……」

呻《うめ》きつつ、又十郎は左手に短刀を引き抜こうとしたが、むだであった。

小兵衛は、二、三歩、退《さが》って、大刀に懐紙でぬぐいをかけ、しずかに鞘へおさめた。

「見たか、大治郎」

「…………」

大治郎が、つばをのみ込む音がした。

「無外流・居合のうち、霞《かすみ》の一手じゃ」

「は……」

四谷の弥七と金五郎が、外へ駆けあらわれ、

「中の浪人どもは、三人、いずれも御縄《おなわ》にかけましてございます」

「こちらに怪我《けが》はないか？」

「はい。大丈夫でございます」

「ついでに、この伊丹又十郎にも縄をかけよ」

又十郎は、手首を切り落され、苦痛に呻き、もがいていた。

「これでよし。ところで、小川宗哲《そうてつ》先生は、どうした？」

「奥に押しこめられていなさいましたが、御無事でございますよ」

傘屋の徳次郎にたすけられて、小川宗哲が外へ姿をあらわしたのは、このときであった。

四

ところで、山崎勘之介《かんのすけ》のことだが、傷が癒《い》えてから、小兵衛のすすめもあり、生駒《いこま》筑後守《ちくごのかみ》の説得もあって、生駒の家来となり、中小姓《ちゆうごしよう》として仕えることになった。

これが、この年の夏のことである。

そして秋になると、秋山小兵衛の媒酌《ばいしゃく》によって、杉原秀《すぎはらひで》と又六が夫婦になった。

婚儀の披露《ひろう》は、橋場《はしば》の〔不二楼《ふじろう》〕でおこなわれ、四谷《よつや》の弥七《やしち》も徳次郎も招かれた。

もちろん、その費用は小兵衛が出した。

翌天明六年（一七八六年）になると、将軍・家治《いえはる》の病いが重くなり、床へついたきり、起きあがることもできなくなってしまい、ついに、病歿《びょうぼつ》した。その日は、表向き九月七日ということになっているが実は、八月二十日だったらしい。

このとき、将軍の医薬の世話をしていたのは、典医・大八木《おおやぎ》伝庵《でんあん》という医師であった。

だが、将軍の病状は、はかばかしくない。

もちろん、この典医は旧来の漢方医師である。

（それよりも、新鋭の蘭方《らんぽう》医師に看させたほうが、よいのではあるまいか？）

田沼老中は、そう考えた。

田沼は、かねてから、オランダの文化に心をひかれ、医師も育てていたので、おもいきって、オランダ医の若林敬順《わかばやしけいじゅん》などを推薦した。反田沼派の重臣たちが、これに反対したのは、いうまでもない。

そこで、若林らが診察した上で、薬を調合し、将軍・家治に服用させたのだが、その夜から、将軍の病状は急変した。

(それ、見たことか……)

反田沼派は、たちまちに、蘭方医者たちをしりぞけ、将軍危篤《きとく》を知って駆けつけた田沼老中をも入室をゆるさなかった。

「いまこそ、田沼を追い退《の》けるべきである」

との声が強まってきて、ついに、八月二十七日。田沼意次《おきつぐ》は罷免《ひめん》されることになってしまった。

将軍の葬儀がすむと、かねて、一橋家から養子に入っていた家斉《いえなり》が十一代将軍の座に就いたのだ。

こうして、天下の実権は、いよいよ新将軍の実父・一橋治済《はるさだ》に握られることになったのである。

しかも、田沼が蘭方医を推したことから、

「田沼が、前《さき》の将軍の毒殺をはかったのではないか?」

という噂《うわさ》もたちはじめた。

そのようなはずはない。将軍・家治の死によって、大打撃を受けるのは、ほかならぬ田沼意次なのだから……。

事は、それだけではすまなかった。

翌天明七年十月。

田沼意次は、隠居を命じられ、所領三万七千石を没収され、そのかわりに、奥州《おうしゅう》下村で一万石をあたえられた。下村の領地は飢饉《ききん》後で荒廃しており、実収は半分そこそこというところだ。

田沼にかわって、かの松平定信《まつだいらさだのぶ》が老中の首座に入り、得意満面で幕府の政務をとりはじめている。

この事件によって、田沼意次が受けた衝撃は大きく、激しかったが、秋山小兵衛も、

「ああ、年はとりたくないものじゃ。この年になって、このような嘆き、哀《かな》しみが待ち受けていようとは……」

そのまま、寝床へもぐり込んだきり、起きようともしなかった。

ときに、秋山小兵衛は六十九歳になっていた。田沼意次は小兵衛より一歳年下であった。

田沼が、失意のうちに病歿したのは、天明八年の夏で、三人の男子が死んだ後に孫の意明《おきあき》が跡を継いだ。

ちなみにいうと、四男の田沼意正は、新将軍・家斉《いえなり》に気に入られ、やがて若年寄《わかどしより》に

取りたてられ、さらに、将軍側近の側用人《そばようにん》に昇格したそうな。

そのころには、一橋治済も松平定信も、この世の人ではない。秋山小兵衛はどうかというと、まだ、生きていたが、さすがの小川宗哲も病歿してしまっている。

それはさておいて……。

はなしをもどし、平松伊太郎《いたろう》の、その後について、書きのべておきたい。

伊太郎は、江戸を去ってから一年目に、ふらりともどって来て、小兵衛の隠宅へ姿をあらわした。

「おお、伊太郎。無事だったようだのう」

「はい。おかげさまで」

「心配するな。江戸では、お前のことを探していないぞ。これはな、御公儀も、おのれのあやまちをみとめたことになる」

「さようでしたか。それをうかがって安心をいたしました」

「お前も苦労をしたようじゃな?」

「いえ……」

「どこにいた?」

「上州の山の中に、小さな宿がありまして、そこに凝《じっ》としておりました」

「ところで伊太郎」

「はい？」

「お前は前に、父の跡を継ぎたいといっていたが、その決心に変りはないかえ？」

「はい。ありませぬ」

「敵討《かたきう》ちは、ほんとうにしないつもりなのか？」

「いたしません」

「ふうむ。武家の世の中も変ったものじゃのう」

そういえば、御徒士組《おかちぐみ》の小村家へ養子に入った滝久蔵のことだが……。

半年ほど前に、組屋敷を出たきり、帰らないという。

久蔵は、伊太郎が父の敵を討ちにあらわれるだろうとおもい、不安と恐怖にさいなまれ、居たたまれなくなったらしい。

おまけに、本郷の蕎麦屋《そばや》で、秋山小兵衛から、

「もしやすると、わしが伊太郎の助太刀をするやも知れぬぞ」

と、釘《くぎ》を刺されている。

それが、何よりも恐ろしい。

敵持ちになったときの不安と恐ろしさは、なった者でなくてはわからぬ。

江戸から去った滝久蔵は、

(いまごろ、どこを、さ迷っているのか?)

折にふれて、小兵衛は久蔵のことを想《おも》ってみることもあるが、

(そのおもいを背負って、旅の空の下を生きて行くのが久蔵に出来るつぐないやも知れぬ)

小兵衛の想いも、それにつきる。

小兵衛は、かねて用意しておいた金五十両を出し、

「伊太さん。これは少ないが、金貸しをやるなら、その元手《もとで》にしておくれ」

「あ……このような大金を……」

「いいから取っておきなさい。足りなかったら、また取りにおいで」

「ありがとう存じます。ありが……」

あとは、言葉にならなかった。

日に灼《や》けて、見ちがえるばかりに、たくましくなった躰《からだ》をひれ伏して、平松伊太郎は、感動のままに泣きくずれた。

それから、三月《みつき》に一度ほど、隠宅へ顔を見せていた伊太郎だが、ちょうど一年後に、あらわれたとき、

「これは、拝借をいたしました金五十両でございます」

「あれで、足りたのかえ？」

「はい」

「おお、これは百両余りもあるではないか」

「金貸しは、割に儲《もう》かるものなのでございます」

そういった伊太郎は、すっかり町人の姿になりきっている。

「ですが、亡《な》き父のように、この商売には打ち込めません」

「ほう、そうかえ」

「すっかり、裏表がわかってしまいましたから、もう、飽きてしまいました」

「夢中になれぬか？」

「なれません」

「ほれ、お前さんが夢中になっていた、根津《ねづ》の妓《おんな》は、どうしている？」

「わかりません。もう、江戸にはいないとおもいます」

「そうか。それは、残念なことをしたのう」

「秋山先生。今日は、お別れにまいったのでございます」

「また、江戸から……」

「はい。旅へ出ます」

「どこへ?」

「自分でも、わかりません」

こうして、平松伊太郎は、再び江戸から消えた。

滝久蔵の行方もわからなかった。

そして、七、八年たった寛政《かんせい》五年(一七九三年)の夏に平松伊太郎が、

「お久しぶりでございます」

と、隠宅へあらわれた。

髪に少し白いものがまじり、身なりもよく、町人姿ながら、めっきりと貫禄《かんろく》がつき、
三十前後の女をともなっている。

「これは、私の家内《かない》で、八重《やえ》と申します」

伊太郎は、こういって、女を引き合わせた。

「ほう、これはこれは……して、お子さんは?」

「女の子が、ひとりおります。今度は、京の家へおいてまいりました。今日は父の墓へ詣《もう》でましたが、和尚《おしょう》さまも元気でございましてね」

「ふむ。それは何より」

このとき、秋山小兵衛は、七十五歳になっていた。

もう、以前のように、しゃべることも少なくなり、おはるを相手に、いつも黙然として日を送っている。躰も一まわり、小さくなっていた。

「伊太さんは、いま、京へお住いかえ?」

「はい。やっと落ちつきましてございます。いまの手前は……」

いいさして、平松伊太郎は土産物らしい大きな包みを置き、

「いまの手前は、京の寺町四条下ルところの筆問屋・中村屋忠兵衛《ちゅうべえ》と申します」

でっぷりと肥えた妻のお八重へ目を移しながら、秋山小兵衛がいった。

「伊太さんが、心をひかれたのは筆ではあるまい。そこの、お八重さんじゃな」

# 解説

常盤新平

十八年間にわたって書きつづけられた『剣客《けんかく》商売』も十六冊目の『浮沈』で終る。『剣客商売』の連載が「小説新潮」にはじまったのは昭和四十七（一九七二）年、『浮沈』は同誌の平成元（一九八九）年の二月号から七月号に連載された。作者が健在であれば、十七冊目、十八冊目の『剣客商売』が書かれただろうが、作者は『浮沈』を書きおえて、惜しくも世を去った。

『浮沈』は再読して、『剣客商売』の最後にふさわしい小説に思われた。登場人物たちの死が語られている。秋山小兵衛《こへえ》が九十三歳まで生きることに作者は三度も触れている。

『浮沈』は天明四（一七八四）年、秋山小兵衛六十六歳から翌年にかけての物語であるが、その先のことにまで触れられている。物語は小兵衛の二十六年前の回想からはじまる。宝暦《ほうれき》八（一七五八）年、小兵衛は深川十万坪で父の敵《かたき》を討つ滝久蔵《たききゆうぞう》を助けて、立会人の山崎勘介《やまざきかんすけ》と斬《き》り合い、やっとのおもいで山崎を斬り殪《たお》し、久蔵もまた首尾よく敵にトドメをさす。

この強敵を殪してから、小兵衛は、剣客としていっそう精進しなければと思いきわめる。その翌朝、四谷《よつや》の道場へ客が訪ねてきた。その客は年齢は三十五歳だそうだが、頭は禿《は》げかかって髷《まげ》も小さく、それで十も十五も老《ふ》けて見えて、ぎょろりとした三白《さんぱく》眼《がん》が気味悪く、鷲鼻《わしばな》は猛々《たけだけ》しく、「まるで、蛞蝓《なめくじ》が二つ並んだような」唇《くちびる》の平松多四《ひらまつたし》郎《ろう》である。

小兵衛に言わせれば、「あの人は、顔で損をしている。いかにも強欲《ごうよく》な金貸しを絵に描いたような顔」の持主であるが、どちらも相手に好意を持っている。小兵衛は道場を改築するために、多四郎から金を借りたが、毎月かならず返している。

作者はここでさりげなく、はなしを天明四年の秋に移すのだが、滝久蔵や山崎勘介、平松多四郎の登場はいわば序幕である。この天明四年の初夏に小兵衛は皆川石見守《みなかわいわみのかみ》の事件に巻きこまれて、「二十番斬り」という離れ業をやってのけた。その顚末《てんまつ》は前作の『二十番斬り』でスリル満点に語られている。

このとき、小兵衛は得体の知れぬ目眩《めまい》におそわれて、「わしも、あの世へ行くときが切迫して来たようだな」と思うのだが、暑い真夏を無事に乗りきった。

〈「先生は天狗《てんぐ》さまだから、決して死ぬようなことはないのですよう」

若い妻のおはるを安心させた。

おはるは、小兵衛より四十も年下で、健康そのもののような女であったがあの世へ旅立ったのは、おはるのほうが先である。

何しろ小兵衛は、九十三歳の長寿をたもったのだから……。〉

作者がこう書いたとき、おはるの晩年が見えていたのにちがいない。それははっきりとしたイメージではなかったろうが、おはるの死にまつわることが作者の脳裏に浮んでいたのだろう。

小兵衛はその夏、〔同門の酒〕に登場する老剣士の神谷新左衛門《かみやしんざえもん》から、行方知れずとなっていた滝久蔵の消息を聞く。しかも、秋の朝、おはるの漕《こ》ぐ舟で仙台堀《せんだいぼり》の亀久橋北詰《かめひさばしきたづめ》にある蕎麦屋《そばや》〔万屋《よろずや》〕に行くと、そこへ「ぶよぶよに肉がつき、顎《あご》なぞは二重三重に括《くく》れ、両眼《りようめ》は濁り、光が消えている」滝久蔵がはいってくる。久蔵は小兵衛に気づかないで、店の主人に無理を言い、逆に追い出されてしまう。小兵衛はわが身を考える。

〈あれから二十六年の歳月がたっているのだ。あのころの小兵衛は髪も黒かったし、小柄《こがら》ではあったが、いまよりは体格もがっしりとしていた。それが、いまは、髪も白

く、着ながしに脇差《わきざし》一つの、竹の杖《つえ》をついているという姿になってしまった〉

久蔵の変りはてた姿を四谷《よつや》の弥七《やしち》に伝えると、弥七は言う。

「ともあれ、人間というものは、辻褄《つじつま》の合わねえ生きものでございますから……」

弥七の言葉は小兵衛の、そして作者の考えでもある。小兵衛は久蔵の行動を弥七に探らせるかたわら、鰻売《うなぎう》りの又六《またろく》を呼びよせる。又六は根岸流《ねぎしりゆう》の手裏剣《しゆりけん》の名手、杉原《すぎはら》秀《ひで》を連れてくる。この二人の関係をいちはやく見破るのは小兵衛ではなく、おはるである。おはるは、秀が又六の子をみごもっていると小兵衛に耳打ちする。又六の母親は二人の結婚に反対し、小兵衛の説得で折れるが、これはのちのはなしだ。

又六と秀は『二十番斬り』のとき、いっしょにはたらいて、「いつしか秀は、又六を可愛《かわゆ》くおもうようになった」らしい。「女は、そうなるとか、あっと血がのぼって、どのようなことでも仕《し》てのけるものじゃ」

小兵衛のこのような台詞《せりふ》に接すると、作者の肉声を聞くおもいがする。といって、作者から女性に関する意見を直接にうかがったことはない。そうではあるが、小兵衛の女についての考察を知ると、これは作者の考えではないのかと思ってしまうのである。作者が経験で得た、たしかなことではないか、と。

小兵衛は滝久蔵が住む佐賀町代地に近い陽岳寺《ようがくじ》で、二十六年前に斬った山崎勘介と瓜二つ《うりふた》の若者を見かける。この若者のあとをつけて、小兵衛は深川十万坪まで来てしまう。若者は「卒爾《そつじ》ながら……」と小兵衛に声をかけられ、山崎勘介が父親であると言い、山崎勘之介《かんのすけ》と名乗る。

　その日、小兵衛は何も言わなかったが、後日、山崎勘介を斬ったことを正直に打明けると、敵意を見せるどころか、亡《な》き父の話を聞きたいと言い、小兵衛に会えたことを「亡き父も、よろこんでおりましょう」とよろこぶのである。

　さらに、小兵衛は金貸しの平松多四郎が陽岳寺に滝久蔵を訪ねたことをつきとめ、小兵衛と山崎勘之介と平松多四郎が一本の糸で結ばれたようになり、三人の共通の敵がしだいに姿を現わしてくる。

　平松多四郎には伊太郎《いたろう》という一人息子がいる。年齢は二十七歳で、根津の岡場所の女、お篠《しの》に狂って、父親を嘆かせている。そのお篠は「牛蒡女《ごぼう》」の異名があり、伊太郎に言わせると、「色の黒い、凧《たこ》の骨のような女」なのだが、「いったん、男が、この肌身《はだみ》の虜《とりこ》になったら、もう足も手も抜けなくなってしまうことは、だれよりも一番、伊太郎がよくわきまえていることであった」

　牛蒡のような女は、『剣客商売』のほかの作品にも登場するが、『鬼平犯科帳』にも出てくる。作者が好んで登場させる岡場所の女である。『剣客商売』には、春風のようなおはるのような女、秋山大治郎の妻となる元女武芸者、三冬《みふゆ》のような女のほかに、さまざまの女を作者は描きわけているが、とくに「牛蒡女」は印象に残る。男が逃げだしたくとも逃げだせない、不思議な魔力を持った女である。

だが、江戸をはなれることになった伊太郎は、お上の目を覚悟でお篠に会いにいき、それとなく別れを告げる。

小兵衛、勘之介、多四郎をめぐる事件は解決に向うが、この天明四年は、小兵衛が「今年も、いろいろなことがあった。あっという間に一年が過ぎてしまったわえ」と弥七に言うほどの年だった。このとき、弥七は四十四歳。小兵衛は「わしのほうが一足先に行き、待っていようよ」と弥七に言う。

〈小兵衛は、そう信じていたのだが、十五年たってみると、弥七は、この世にいなかった。そして、秋山小兵衛は、まだ生きていたのである〉

あけて天明五年、秋山小兵衛六十七歳、おはる二十七歳、秋山大治郎三十二歳、三冬二十七歳、小太郎四歳。

小兵衛は金持である。弥七に仕事を頼むとき、たっぷりと軍資金をわたす。小兵衛が金にこと欠かないのは、金貸しの浅野幸右衛門《こうえもん》が小兵衛に千五百余両を遺《のこ》して亡くなったからだ。このことは〔金貸し幸右衛門〕にくわしい。小兵衛は幸右衛門の遺産を世の人助けのために遣うことにして、千二百両ばかりを外神田《そとかんだ》で人宿《ひとやど》（口入屋《くちいれや》）をやっている駿河屋《するがや》八兵衛《はちべえ》に預けた。八兵衛はそれを投資して、その利益をときどき小兵衛にわたしている。

〈だが、小兵衛は九十三歳まで生きて、駿河屋八兵衛は十年先にあの世へ旅立ってしまうことになる〉

『浮沈』が結末を迎えたとき、小兵衛は七十五歳になっている。

〈もう、以前のように、しゃべることも少なくなり、おはるを相手に、いつも黙然として日を送っている。躰《からだ》も一まわり、小さくなっていた〉

昭和四十七年から十八年にわたって書きつづけられた『剣客商売』はこうして終りを迎えた。『剣客商売』の第一話〔女武芸者〕が書かれたとき、作者にとって死は遠いかなたにあった。

秋山小兵衛が五十九歳で、のちに息子・大治郎の妻となる佐々木三冬に会ったとき、作者はまだ四十九歳だった。だが、一冊書くたびに作者は小兵衛の年齢に近づいてゆく。そして、小兵衛が本書で無外流霞《かすみ》の一手で伊丹《いたみ》又十郎を成敗したのが、六十七歳。単行本『浮沈』刊行の翌年、池波先生は同じ六十七歳で亡くなられた。不可思議なこの一致に、私は先生が死を予感していたように思われてならない。

『剣客商売』のはじめの数巻は明るさにみちている。秋山ファミリーから笑いがたえないようである。その明るさが作者の心境と体調を反映してか、しだいに失われてゆく。それでも、このシリーズは無類におもしろい。作者は秘術をつくして、読者を楽しませる。それが作者の死を早めたように思われる。

没後にいっそう作者は読まれるようになった。女性の読者がふえた。聞いた話であるが、若い女性が二人、蕎麦屋《そばや》で酒を飲んでいて、なぜ蕎麦屋で飲むのかと彼女たちにたずねたところ、「私たち、池波正太郎ごっこをしているの」という返事だったという。蕎麦屋で酒を飲む楽しさを教えてくれたのは、『剣客商売』の作者である。

私事を書けば、この文庫の解説は、池波正太郎先生がご健在のころ、私から志願した。十三年前のことである。そのころ、よく晴れた冬の朝だったが、神田神保町《じんぼうちょう》でたまたま先生に会い、コーヒーをご馳走《ちそう》になったのが、つい昨日のことのように思われる。

（平成十年二月、作家）

この作品は平成元年十月新潮社より刊行された。

# 剣客商売十六《けんかくしょうばいじゅうろく》 浮《ふ》沈《ちん》

新潮文庫 い－17－16

平成十五年二月十五日 発行
平成二十年十月十日 十七刷

著者 池《いけ》波《なみ》正《しょう》太《た》郎《ろう》

発行者 佐藤隆信

発行所 株式会社 新潮社

郵便番号 一六二―八七一一
東京都新宿区矢来町七一
電話 編集部(〇三)三二六六―五四四〇
読者係(〇三)三二六六―五一一一
http://www.shinchosha.co.jp

価格はカバーに表示してあります。

乱丁・落丁本は、ご面倒ですが小社読者係宛ご送付ください。送料小社負担にてお取替えいたします。

印刷・二光印刷株式会社　製本・株式会社植木製本所


ISBN978-4-10-115746-7 C0193